rowohlt

*Camille*
DE PERETTI

# *Die kleinen Arrangements unserer Herzen*

Aus dem Französischen von
Hinrich Schmidt-Henkel

*Rowohlt*

Roman

Die Originalausgabe erschien 2014 unter dem Titel «Petits arrangements avec nos cœurs» bei Éditions Stock in Paris.

1. Auflage Dezember 2015

Schrift aus der Adobe Garamond PostScript
Gesamtherstellung CPI books GmbH, Leck, Germany
ISBN 978 3 498 05316 1

*Für Xavier, der 6000 Kilometer weit gefahren ist.*
*Für Ladislas, der versprochen hat, alle übrigen zu fahren.*

# *Erster Teil*

Oft werden wir in der Liebe getäuscht,
oft verletzt, und oft sind wir unglücklich;
doch immerhin, wir lieben …

*Alfred de Musset,*
*Spielt nicht mit der Liebe*

# I

Ich war sechzehn Jahre alt und noch Jungfrau. Als Gymnasiastin ließ ich mir dieses Wort auf der Zunge zergehen. Die Schulklingel, kleine Liebesbriefchen, die man sich unter den Bänken zuschiebt, der Geschmack des Tintenkillers, wenn ich ihn anlecke, weil er eingetrocknet ist, das sanfte Gleiten des Füllers auf dem großkarierten Papier der Clairefontaine-Hefte mit dem rosa Randstrich, die Hefter und Bücher an meine magere Brust gedrückt, den Rucksack an einer Schulter baumelnd, am Ende meines langen, schweren Zopfs eine schwarze Satin-Schleife. Als Gymnasiastin hatte ich abgekaute Fingernägel und stiefelte in den damals modischen, schaurig unförmigen Schuhen mit Gummiabsätzen herum. Ich hatte meine Mutter angebettelt, mir ein Paar davon zu kaufen, sie hatte mir den Wunsch seufzend erfüllt. «Die sehen doch aus wie orthopädische Schuhe …» Es war kurz vor der Jahrtausendwende, die Mädchen trugen ultraenge Stretch-Jeans von Cimarron und kurze bauchnabelfreie Pullis. Ich machte da keine Ausnahme. Ich war nicht beliebt, war es nie gewesen. Das machte mir zu schaffen, ich schob es auf meine unterentwickelten Brüste, mein größtes Manko. Sechzehn Jahre alt und bis obenhin voller Komplexe. Heimlich hatte ich in einen BH meiner Mutter Einlagen genäht, und ab demselben Abend wäre es schlimmer als der Tod gewesen, aus dem Haus zu gehen, ohne mit diesen paar Gramm Watte aufgepolstert zu sein. Ich hatte noch nie einen Jungen auf den Mund geküsst. Es hatte sich noch nicht ergeben, und alle Jungs aus meiner Klasse schielten nach Pénélope Martin. Sie hatte Körbchengröße 85D, neben ihr war ich abgemeldet. Ich war in William verschossen. Blendend weißes Lächeln, hellblaue Augen, aber er hatte Pénélopes Herz erobert. Eine ausweglose Situation.

«He, Camille! Einer aus der Abschlussklasse ist in dich verknallt.»

Eine Mitschülerin spricht mich in der Umkleide der Sporthalle an, ich ziehe mich zur Wand gedreht an, muss in mein T-Shirt schlüpfen, ohne dass einer der Mitschülerinnen mein ausgestopfter BH auffällt. An der Wand Gekritzel mit Kugelschreiber oder Filzer, «Alexia ist eine Hure», «M+S = Love for ever». Der typische Geruch dieses Raumes, auf dessen Boden Turnschuhe und offene Sporttaschen herumliegen. In mich verknallt?

«Er heißt Stanislas, weißt du, wer das ist?»

Ich sage nichts. Keine Ahnung, wer das sein soll. Die anderen schauen mich an, ich verheddere mich im Ärmel, mein Ellbogen ragt in die Luft, entsetzt bringe ich ein «Nein» heraus.

«Ein Neuer. Er hat es Rachel gesagt.»

«Rachel? Wer ist das?»

«Eine aus einer Abschlussklasse, sie ist mit meiner Schwester befreundet.»

Ein Junge, der in mich verknallt ist?

«Also, willst du mit ihm gehen? Soll ich euch zusammenbringen?»

Ich mache kugelrunde Augen. Glasmurmeln, und mein Arm hängt immer noch fest. Meine harten Brüste, winzige Pflaumenkerne.

Um Himmels willen! Uns zusammenbringen? Ein paar Mädchen aus meiner Klasse haben schon mal mit einem geschlafen. Ich werde das niemals tun können, sonst kommt heraus, dass ich mit meinem BH gemogelt habe.

Alles, was ich über die Liebe wusste, hatte ich aus Büchern. Ungeduldig wartete ich drauf, ihn zu sehen, um dann abwechselnd zu erröten und blass zu werden und zu spüren, wie sich Verwirrung meiner armen Seele bemächtigte. Für meine misstrauisch neugierigen Freundinnen hatte ich eine detaillierte Geschichte von einer Sommerliebe erfunden, inklusive einem Kuss bei Sonnenuntergang. Die Einzige ganz und gar Unschuldige zu sein, das kam ja nicht in Frage. Ich war sechzehn, ich war klein und dünn. Jungs machten mir Angst. Ich träumte davon, mich für ihre Gleichgültigkeit zu rächen, und schwor mir, der Erste, der etwas von mir wollte, würde für alle anderen büßen.

Stanislas. Im Schutz meines Mädchenzimmers nannte ich ihn insgeheim «Der Geheimnisvolle Unbekannte». Eines Tages wagte ich dann, das Mädchen aus der Umkleide zu bitten, sie solle ihn mir auf dem Schulhof zeigen, sehr diskret und von fern. Aber er war nicht da. Schon wieder weg.

## 2

Ich trage einen sehr kurzen perlmuttweißen Rock, dazu Schuhe mit Blockabsatz, ebenso perlmuttweiß, und cremefarbene Handschuhe, die mir bis zu den Ellbogen reichen. Ich finde mich perfekt.

Die Prom Night ist die Party der beiden obersten Klassen. Die Mädchen küssen einander auf die Wangen und sagen: «Voll der Wahnsinn, dein Kleid!» Die Jungs haben sich Krawatten umgebunden, viele ganz sicher zum ersten Mal. Am Tresen bestellen wir ein Glas Champagner. Die Jeunesse dorée auf ihrem Tanzball.

Dann kommt die Viertelstunde des Engtanzes. Meine Freundin Marie und ich machen es uns auf einer der Bänke bequem, ganz die jungen Damen, denen die Füße weh tun und die sich für nichts anderes interessieren als ihr Gespräch. Zwei junge Männer nähern sich. Ein Braunhaariger mit dunklen Augen, das Gesicht voller Akne, der Zweite mit einer Tolle über den Augen, tadellosem Anzug, blankgewienerten Schuhen.

Er redet laut, selbstbewusst: «Wollt ihr tanzen?»

Der Braunhaarige schaut Marie an, sie sagt: «Nein, danke.»

Der mit der Tolle streckt mir die Hand hin. Er ist es, es ist Stanislas, wer sonst sollte es sein. Ich habe einen Knoten im Bauch, der Hals wird mir eng. Mit aller mir möglichen

Anmut stehe ich auf. Ich erlebe die Freude der Blume, die erwählt wird.

Sittsam flach lege ich meinem Kavalier die Hände auf die Schultern, und wir tanzen im Kreise, nicht zu eng, gespielt lässig. Ich beherrsche mich, es gelingt mir, ihn nicht allzu unverhohlen zu mustern. Er lächelt unentwegt. Ich sage nichts, habe die Augenbrauen hochgezogen. Ich denke an meine Füße auf den Blockabsätzen, wir wiegen uns immer sanfter, dass ich bloß nicht stolpere.

«Wie heißt du?»

Er tut so, als wäre das hier ein zufälliges Treffen, ganz spontan.

«Camille.»

«Ich bin Perdican.»

Das hat er sich zurechtgelegt. Als wären wir Camille und Perdican aus *Spielt nicht mit der Liebe* von Alfred de Musset. Ich tue eiskalt.

«Nein, du heißt Stanislas, und du bist in mich verliebt, Rachel hat es Jess verraten.»

Er schwankt leicht, sein Lächeln wird starr, das blaue Auge lacht nicht mehr.

«Jess? Was für eine Jess? Kenne ich nicht.»

Was dann noch kam, ich erinnere mich nicht. Hat er sich wieder gefasst, mich gefragt, ob ich die Guns N' Roses mochte oder in welcher Klasse ich war? Er hatte Mut gebraucht für diesen Scherz von wegen Perdican; jetzt war er überrascht, dass er noch mehr Mut brauchte, um bis zu den letzten Tönen des Liedes weiter zögerliche Kreise auf dem Parkett zu ziehen.

Kaum hatte ich meinen Geheimnisvollen Unbekannten enttarnt, schon war ihm der Boden unter den Füßen entzogen.

# 3

Die Straße ist menschenleer. Ich werde wohl lange laufen müssen, bis ich hier in der öden, sterilen Vorstadt ein Taxi finde. Weit hinter mir höre ich Schritte. Ich blicke mich kurz um und sehe eine männliche Gestalt. Ich gehe so schnell weiter, wie ich nur kann. Kein einziges Auto auf der Straße, kein spazierengehendes Paar, weder ein geöffnetes Restaurant noch ein Café, nichts als die immergleichen weißen Gebäude und Bäume mit reglosem Laub.

Juliens Geburtstagsfest war ein einziges Fiasko. Ich war wegen William dort hingegangen, aber William war schon weg, als ich kam. William wird mich wohl nie lieben, er weiß nicht einmal, dass es mich gibt.

Ich bekomme es furchtbar mit der Angst zu tun, der Mann holt immer mehr auf, jetzt rennt er. Kein Mensch ist da, der mir helfen könnte.

«Camille!»

Er kennt mich?

«Camille! Warte!»

Ich bleibe stehen. Stanislas ist völlig aus der Puste.

Er war auch auf Juliens Geburtstag gewesen, aber ich hatte ihm in meiner Fixiertheit auf William keine Chance gelassen, mich anzusprechen.

«Camille? Hast du die nicht gesehen, Alter? Die war bis

vor fünf Minuten hier, aber dann ist sie los, zu ihren Freundinnen in die Disko.»

All seine Pläne vergebens, die sorgsam zurechtgelegten Gesprächsthemen, die Stichworte und vor dem Spiegel geprobten schlagfertigen Bemerkungen. Ich war weg, die Gelegenheit war verpasst.

Ohne nachzudenken lief er los. Tür zu, Treppe runter, im geöffneten Gartentor spähte er in die Nacht, um herauszufinden, ob ich nach rechts gegangen war oder nach links. Er rannte nach rechts los, bis er die schmale Gestalt im Dunkeln erkannte. Dann bekam er selber Angst und wurde langsamer. Was mache ich bloß hier? Was soll ich zu ihr sagen? Aber dann ging sie schneller, und er hatte auf einmal solche Angst, sie wieder zu verlieren, dass er nicht weiter nachdachte.

Er rief «Camille!», er schrie sich die Kehle aus dem Leib, «Camille! Warte!»

Sie hielt inne. Jetzt stehen sie da, einander gegenüber in der Nacht. Er weiß gar nichts mehr. Er weiß nicht, dass sie ihn gerade schön findet. Sie betrachtet seine Tolle, die ihm über die Augen fällt, das aus der Hose gerutschte Hemd, ganz lässig, aber seine Hände zittern.

«Ich weiß nicht, ob du dich erinnerst, ich bin ein Freund von Julien, wir haben uns schon mal gesehen, das war …»

«… bei der Prom Night.»

«Ja, genau, bei der Prom Night, du erinnerst dich? Ja, also … ich hatte gedacht … also Julien hat gesagt, du gehst noch in die Disko … und wir haben gar nicht miteinander reden können … da hab ich gedacht … ob wir uns nicht kennenlernen könnten … also nicht heute Abend … klar nicht … aber an einem anderen Abend, oder auch tagsüber, wenn du willst … in der Schule ist es irgendwie doof … ich hab dich fragen wollen … also ob … also soll ich dich vielleicht mal anrufen?»

Ich betrachte ihn lächelnd. Seine Aufregung rührt mich, sein Gestammel ist hinreißend. Er hat sich ins kalte Wasser gestürzt, das Adrenalin bringt ihn fast um, und ich halte die Spritze in der Hand. Er weiß nicht mal mehr, was er sagt. Die restliche Nacht und den ganzen Tag über wird er diese Szene vor Augen haben und sich fragen, was um Himmels willen er da zusammengestottert hat, er wird denken, er hat es versiebt, er hat versagt, er hätte es auf keinen Fall so anfangen sollen.

Dabei finde ich ihn absolut hinreißend. Ich lasse die gespannte Stille noch etwas andauern, dann murmele ich endlich: «Wenn du willst, warum nicht.»

Er kriegt den Mund nicht zu, er stottert: «Toll! … Toll … Toll … Ja, gut, prima, toll! … Echt toll!»

Ich muss ein bisschen lachen, und er legt noch eine Salve nach.

«Phantastisch! Es ist dir also recht? Toll! Toll!»

So langsam entspannt er sich. Er ist wahnsinnig froh.

«Also, äh, schönen Abend noch!»

Und er macht ohne weitere Anstalten kehrt.

Ich rufe ihn zurück.

«Stanislas? Willst du vielleicht noch meine Telefonnummer haben?»

Er kommt zurück wie ein Automat, etwas dämlich grinsend. Ich hole ein Blatt Papier aus der Tasche, lehne mich auf die Motorhaube eines Wagens und reihe die acht Ziffern aneinander, die unser Unglück besiegeln.

# 4

Er hatte mich zum Brunnen ganz unten am Boulevard Saint-Michel bestellt. Heute ist die Fête de la Musique, seine Abi-Prüfungen sind gerade vorbei. Wir haben in einem chinesischen Restaurant gegessen, jetzt wandern wir durch die Straßen, es herrscht fröhliches Gedränge, auf dem Pflaster liegen lauter leere Bierdosen, der Geruch gegrillter Merguez-Würstchen zieht durch die Luft, die Leute singen, tanzen, die Menge schubst uns hin und her.

Ich trage Jeans, weiße Sneaker und meinen blauen Pulli, der meine Brüste so gut kaschiert. Die Zeit vergeht so schnell, ich darf bis Mitternacht wegbleiben, er bietet an, mich nach Hause zu bringen. Wir haben uns immer noch nicht geküsst.

Die Metro ist sehr voll, er nimmt den einzigen noch freien Klappstuhl.

«Komm auf meinen Schoß!»

Ich sitze zum ersten Mal einem Jungen auf dem Schoß.

Ich rede mir Mut ein. *Na los, dafür bist du hier!* Wie bewegt man die Zunge, in welche Richtung, auf welche Seite? Einmal hat ein Mädchen gesagt, Anfänger erkenne man daran, dass sie mit den Zähnen aneinanderstoßen, das geht mir nicht aus dem Kopf. *Dass bloß unsere Zähne nicht aneinanderstoßen!* Im Gerumpel der Metro rutschen wir aufeinander zu, voneinander weg, er macht keinen Versuch, lächelt mich nur immerzu an. Und was ist, wenn er mich gar nicht küsst? Wenn dieser Abend ein Misserfolg wird? Wenn mich nie im Leben ein Junge küssen will? Endstation, alles aussteigen. Er fragt, ob er bei mir bleiben darf, bis meine Mutter kommt. Für ihn läuft auch der Countdown, ticktack, nur noch fünf Stationen, um sie zu küssen, ticktack, noch drei. Er hat sie vergehen lassen. Er ist halbtot vor Lampenfieber. Wir gehen die Treppe zur Straße hinauf, ich laufe zur Telefonzelle. Meine Mutter ist in zehn Minuten hier, auf der anderen Seite der Brücke.

Die Luft ist mild. Ich werde etwas zuversichtlicher. Es ist Sommer, ich bin sechzehn, gleich küsst mich ein Junge, dann weiß ich endlich, wie das ist. *Dass unsere Zähne nicht aneinanderstoßen, auf gar keinen Fall!* Wenn er mir auf Wiedersehen sagt, spätestens dann, dann umarmt er mich, und wir küssen uns. *Die Zähne, die Zähne.* Wir gehen über die Brücke, die Seine schimmert in der bestirnten Nacht, kein einziges Auto, alles still, er hat meine Hand genommen, wir sagen nichts, ich gehe bald mit einem Jungen, *die Zähne*, ich gehe bald mit Stanislas de B., den meine Freundinnen und ich nur noch *Haartolle* nennen. Morgen erzähle ich ihnen alles. Wir sind da. Hinten, ganz oben auf der Straße, kommen Scheinwerfer. Sie ist es. Ich sage: «Das ist meine Mutter!» Schnell, schnell, er soll sich beeilen, er muss mich sofort küssen, sonst haben wir es verpasst. Er drückt mir die Hand, nur Mut, wendet dem rasch bergab auf uns zufahrenden Wagen den Rücken zu.

«Das war so ein schöner Abend …»

*Mensch, mach hin!*

«Ja, das finde ich auch …»

Wenn er sich jetzt nicht endlich ein Herz fasst … Da beugt er sich zu mir, seine Lippen legen sich auf meine, eine geöffnete Blüte, und ich ertrinke in Seligkeit. Unsere Münder begegnen einander, sie verschmelzen in einem warmen Kampf, und meine Beine werden schwach. Die Nacht, die Scheinwerfer, alles schwebt. Ich könnte nicht sagen, wie lang es dauerte.

Unsere Zähne stießen aneinander. Wir bemerkten es nicht einmal. Eine solche Empfindung wie diesen Kuss hatte ich noch nie erlebt. Es gelang mir, mich von ihm und aus seiner Umarmung zu lösen, ich sah ihn an, sprachlos. Ich erinnere mich an meine Reebok-Sneaker und den auf dem Wasser zitternden Mond. Meine Beine liefen zum Wagen, dann noch ein Winken, und die Tür schlug zu.

Als ich zu Hause ankam, rannte ich in mein Zimmer, riss eine Seite aus einem alten Heft und beschrieb, was eben geschehen war. So neutral wie nur möglich, wie ein Naturforscher, mit technischen Details. Um mich zu erinnern, um die Wucht des Ereignisses festzuhalten und es mir anzuverwandeln. Ich schrieb als Titel «Flieder» darüber, doppelt unterstrichen, und steckte das Blatt in mein Tagebuch. Ich habe es bis heute. Ich könnte es jetzt holen und vor mir hinlegen, dies kleine vergilbte Blatt, in der Mitte gefaltet. Wiedergelesen habe ich es nie. Vielleicht wäre heute der geeignete Tag dafür. Ich weiß, ich werde mich nicht trauen. Meine Vergangenheit sitzt auf diesem Blatt in der Falle, ich habe zu sehr Angst, sie könnte mich enttäuschen, mir ins Gesicht springen, banal, trivial, ohne geöffnete Blüte und seliges Ertrinken.

# 5

«Warum hast du mich nicht früher angerufen?»

Seine Stimme im Hörer zittert. Ich erinnere mich bis heute an seine Aufregung, seine Wut. Auf einmal tut er mir leid, ich wollte ihn doch nur schmoren lassen, seine Grenzen austesten. Der Sommer ist vorbei, und ich bin nicht in Stanislas verliebt. Weder mögen meine Freundinnen ihn, noch ist er sonderlich beliebt, er gilt als Nerd, der den ganzen Tag an seinem Computer sitzt. Wenn sie mich fragen, ob ich nach den Ferien weiter mit ihm gehen werde, blase ich die Wangen auf: «Pff, weiß nicht, Stanislas ist mir ziemlich egal, schauen wir mal, wenn die Schule wieder anfängt!» Dann wieder rührt er mich jedes Mal, wenn wir uns treffen. Aber das Gefühl versuche ich im Keim zu ersticken. Schließlich habe ich mir geschworen, mich an den Männern zu rächen.

«Ich hab gesagt, ich ruf dich am 20. an, und heute ist der 21.»

«Ach ja? Und seid wann bist du zurück? Nicht schon seit dem 15.?»

«Nein, da bringst du was durcheinander. Seit gestern.»

Jemanden zu belügen, der einem auf Teufel komm raus glauben will, ist keine Lüge.

Wir haben uns für den Abend danach verabredet. Zwischen uns herrscht keinerlei Vertrautheit. Alles ist verkorkst und verklemmt. Jedes Wort, jede Bewegung ist abgezirkelt. Wie soll ich ihn begrüßen? Ihn auf den Mund küssen? Auf die Wange? Wie soll ich auf der Straße neben ihm gehen? Hand in Hand? Mit wie viel Abstand? Schweigend? Redend? Sollen wir im Restaurant Wein bestellen? Und wenn ja, Karaffe oder Flasche? Mir fällt jene Ballettlehrerin ein, die uns an der Wand aufstellte und fragte: «Was braucht man, Mesdemoiselles, um eine gute Tänzerin zu sein?» Und die Ballettratten mit ihren fünf Jahren antworteten im Chor: «Füße auswärts, den Rücken gerade, einen langen Giraffenhals …»

Ich mache den Hals so lang, wie ich nur kann, und recke das Kinn, ich weiß, dass ich ein hübsches Profil habe. Er wirkt so glücklich darüber, mich endlich wiederzusehen, dass er uns irgendwann beide überzeugt hat. Er redet ohne Ende. Beim Kellner bestellt er eine Flasche Wein, ohne mich auch nur zu fragen, und berichtet, was er den Sommer über gemacht hat. Er war in den Staaten Betreuer in einem Ferienlager, er hat Gitarrespielen gelernt.

«Ich habe viel an dich gedacht.»

Ich erwidere nichts, ich habe auch viel an ihn gedacht. Nicht immer freundlich.

Er verkündet, er habe zwei Liebeslieder für mich komponiert, er fragt, ob ich den Text hören möchte. Natürlich will ich, ich bin ja nicht aus Holz. Zu meiner großen Verblüffung singt er mitten in der Pizzeria aus vollem Hals los. Die Leute legen das Besteck hin und hören zu, ich vergehe fast vor Scham.

Dann treffen wir seine Freunde in einer Bar zum Tequila-Trinken. Salz vom Handrücken lecken, der scharfe Schnaps brennt in der Speiseröhre, und dann in die Zitrone gebissen, der Saft spritzt zwischen den Zähnen hervor. Und Ex! Wir klopfen die Gläser auf den Tisch und kippen den Kopf in den Nacken. Ex! Und Ex! Mir geht es besser. Seine Kumpel mustern mich amüsiert. Für eine Sechzehnjährige verträgt die ganz gut was. Salz-Zitrone-Ex! Die nächtliche Wärme umweht uns. Wir sind an der Côte d'Azur, es ist Ende August. Die Frauen tragen Goldschmuck und Volantröcke, die Männer weiße Hosen, alle sind von der Sonne kupferrot gebrannt. Stanislas begleitet mich nach Hause. Ich hebe die Augen. Die Platanenblätter sind wie ein Teppich für den besternten Himmel. Der Alkohol mindert meine Schüchternheit ein wenig, ich nehme seine Hand, er ist sehr aufgeregt. Ich erinnere mich daran, die laue Nacht, unsere klopfenden Herzen. Ich hoffte, er würde mich küssen. Wir hatten uns zur Begrüßung nur spitzlippig auf die Wangen geküsst. Um ihn zu provozieren, mache ich auf schlau und frage ihn, ob er schon einmal mit einem Mädchen geschlafen habe. Tiefernst meint er, das hebe er sich für die Richtige auf. Dann sagt er noch «The One», und da zittert er am ganzen Körper. Er drückt meine Hand furchtbar fest. Mich ergreift ein Schwindel, der Boden kippt mir unter den Füßen weg, jetzt bloß nicht fallen, ich halte mich fest, schaue ihm ganz tief in die Augen und lache ihn aus.

# 6

Der Nieselregen besprenkelt uns. Stanislas' grauer Pulli bringt seine blassblauen Augen besonders gut zur Geltung. Wir spazieren durch den Jardin du Luxembourg. Ich weiß es noch wie gestern, kann die feinen, rauen Maschen seines Matrosenpullis vor mir sehen. Wir gehen nebeneinanderher, ohne uns an den Händen zu halten. An jenen Nachmittag habe ich oft zurückgedacht, meine Erinnerung hat ihn vergrößert, zu einem Wendepunkt werden lassen. Was wäre geworden, wenn ich ihm an jenem Tag gesagt hätte, auch wenn meine Freundinnen sich über ihn lustig machten und William auf dem Schulhof aufmerksamkeitheischend vor mir herumstolzierte, dass ich froh war, mit ihm zusammen zu sein? Wenn ich ihm verraten hätte, dass ich in der Metro lächelte vor Vorfreude darauf, ihn zu sehen? Wäre er nur ein bisschen kühler und spielerischer gewesen, ich hätte mich ganz sicher in ihn verliebt.

Aber Stanislas ist aufrecht und ernsthaft und jedes Mal völlig hingerissen, wenn er mich sieht. Wir hatten uns nach seinem Unterricht verabredet. Als er mich auf der anderen Straßenseite sah, war so viel Zärtlichkeit und Leidenschaft in seinem Blick, dass ich innerlich erstarrte. Seine unverstellte Freude ernüchtert mich und stachelt meine Gemeinheit an. Ich muss mich vor den Männern in Acht nehmen und diesen hier dafür bestrafen, dass er allzu froh ist. Seine

Direktheit bewirkt, dass ich umso berechnender werde. Ich kann es nicht unterdrücken; je liebenswerter er ist, desto hinterlistiger werde ich.

Stanislas leidet meinetwegen bei unserem Spaziergang im Luxembourg. Ich spiele mit ihm, mache mich lustig, ziere mich, die reinste Pest.

Wie wäre es gekommen, wenn ich ihm gestanden hätte, dass ich mich danach sehnte, ihn anzurufen, Zeit mit ihm zu verbringen, dass ich mir wünschte, er würde mir auf den Parkbänken Zungenküsse verpassen? Wie gern ging ich mit ihm ins Café. Wir bestellten heiße Trinkschokolade, er erzählte mir von der Atmosphäre in den Vorbereitungskursen, den grässlichen Lehrern, der unmöglichen Arbeitsbelastung, den zwölf Büchern, die es vor dem Wochenende noch zu lesen galt. Und ich tat höchstens halb interessiert. Da verschatteten sich seine Augen, mir war klar, dass er litt, seine Traurigkeit ermutigte mich, gab mir Kraft, mein kleines Spielchen noch etwas weiter zu treiben. Am selben Abend würde ich Julien anrufen und ihm davon erzählen. Mich nicht binden, mich nicht verlieben, vor allem die Kontrolle behalten. Eine uneinnehmbare Festung.

Der Regen hörte auf. Oben auf den Stufen der Metrostation Cluny-Sorbonne küsste Stanislas mich. Darauf hatte ich bestanden, ich fand den Ort so romantisch. Er gehorchte. Ich habe seine Lippen so gern auf meinen. Er zittert, er schnappt nach mir. Wind kommt auf. Aber diesmal haben meine Launen, mein Gehabe und meine Spitzen ihn doch so sehr aus der Fassung gebracht, dass ich keinen ordentlichen Kuss bekomme. Er küsst mich schlecht. Ein salziger Kuss, er schmeckt nach unterdrückten Tränen. Verärgert fahre ich weg. Die weißen Kacheln an den Metrowänden zischen vorüber, ich denke an William. Eigentlich ist mir William schnurzegal, wenn er mir ins Netz geht, wird er genauso leiden. Das schwöre ich mir.

# 7

Ich reiße den Umschlag in aller Ruhe auf. Gleich bei der ersten Zeile wird mir klar, dass er mit mir Schluss macht. Mir schnürt sich das Herz zu vor Enttäuschung, Wut, Angst. Mein Stolz ist blutig verletzt. Ja was denn, wollte ich ihn nicht sowieso loswerden? Was beschwere ich mich dann? Weil die Entscheidung nicht von mir kommt? Er will mich nicht mehr? Bitte schön.

Ich bin wie vor den Kopf geschlagen, kann keinen klaren Gedanken fassen. Wie kommt es nur, dass er mich fallenlässt, ich dachte, er ist wahnsinnig verliebt? Das erfinde ich nicht, er hat es selbst gesagt. Sollte ich seinen betrübten Blick letztes Mal falsch gedeutet haben? Um mich zu fassen, lese ich den Brief noch einmal. Und dabei taucht der Gedanke auf, es könnte doch eine List sein, ein Versuch herauszufinden, ob ich nun an ihm hänge oder nicht, ein Pokertrick. Ja, es steht ganz klar zwischen den Zeilen. Er macht Schluss, lässt aber zu viel Raum für Zweifel und Fragen, dass ich noch zurückkommen, ihm meine Liebe gestehen kann. Ein Abschiedsbrief spricht in der Vergangenheitsform und endet in der Gegenwart, steht aber nicht im Konjunktiv. Meine sämtlichen Alarmzeichen stehen auf rot. Ich bin stinkwütend. Na warte, der soll seine Antwort haben, und zwar gründlich. Kühlen Sinnes analysiere ich die Lage.

Ich sehe klarer. Stanislas der Brave hat einen letzten Versuch gemacht, er verlässt mich: Falls ich nicht antworte, hat er richtiggelegen und das Gesicht bewahrt, denn er hat offiziell Schluss gemacht; aber wenn ich ihn liebe, dann komme ich angekrochen, beschwöre ihn, bei mir zu bleiben. Dann weiß er mit Gewissheit, dass wir zusammengehören, dann verrät er mir, dass es nur ein hilfloses Manöver war, und wir beide lachen uns kaputt. Endlich werden wir zueinander gehören.

Gar nicht so schlecht kalkuliert. Aber da hat er die Rechnung ohne meinen Scharfsinn gemacht. Ich nehme ein Blatt aus der obersten Schublade meines Schreibtischs.

# 8

«Bonjour, Madame, entschuldigen Sie bitte die Störung. Ist Camille zu Hause?»

«Nein, sie ist unterwegs.»

Er lässt den Kopf sinken, seufzt unwillkürlich.

«Ich … äh … ich … darf ich vielleicht hier auf sie warten? Ich bin Stanislas. Ich bin … wir sind … vielleicht hat sie Ihnen von mir erzählt, ich bin …»

«Ich weiß, wer du bist, Stanislas. Tut mir leid, Camille kommt erst morgen wieder, sie schläft heute bei ihrer Freundin Marie.»

«Ach – sie hat Ihnen von mir erzählt?»

Draußen schneit es in großen Flocken. Stanislas ist erschreckend blass. Er steckt die Hände in die Manteltaschen, damit die Frau nicht sieht, wie er zittert. Er ist unglücklich. Dass man derart unglücklich sein kann, hätte er nie gedacht. Er hat alles versucht. Hat seinen Stolz, seine Selbstachtung hinuntergeschluckt, er hat sogar damit gedroht, sich umzubringen, er wusste nicht mehr, was er sagt. Er hat ihr Dutzende Seiten lange Briefe geschrieben, hat geschworen, er wolle überhaupt nicht Schluss machen, es sei ein Irrtum gewesen, eine Dummheit. Er hat sie um eine zweite Chance angefleht, hat sich auf der Straße vor ihr auf die Knie geworfen. Hat Marie angerufen, die er nur dem Namen nach kannte, und sie um Rat gefragt, ebenso Julien. Sie haben gesagt, er solle es vergessen. Eine ganze Nacht lang hat er im Bett gelegen und die Augen nicht zugemacht. Es tut so sehr weh. Er sieht ganz fremd aus mit den Augenringen, seine Eltern machen sich Sorgen. Tagsüber träumt er wachen Auges, Camille würde ihn anrufen und ihm sagen, dass sie ihn liebt, er träumt, wie er sie ganz fest an sich drückt, sie leidenschaftlich küsst, ihr Gewalt antut. Er wird wahnsinnig. Sie irrt sich, sie ist die Frau seines Lebens, das liegt doch klar auf der Hand. Wie kann sie das übersehen? Er muss sie überzeugen, ihr die Augen öffnen. Sie sind füreinander gemacht. Er kann nicht ohne sie leben. Sie hat ihm verboten, sie anzurufen oder ihr zu schreiben, sie will nie mehr von ihm reden hören, nie mehr, hat er das verstanden? Kopfschüttelnd sitzt er in der Metro, schluchzend im Bus. Er steht vor ihrem Haus, er will sie sehen, er muss sie sehen. Der Schnee durchnässt seine Hosenbeine, feuchter Schmutz. Vor dem Haus angekommen, wird ihm übel. Dann hebt er den Kopf. Er ist achtzehn, er ist mutig und verrückt. Er geht die wenigen Stufen zur Tür hinauf und läutet. Eine Frau öffnet. Vielleicht fällt er gleich in Ohnmacht, er hat seit zwei Tagen nicht geschlafen, dunkle Schatten um seine blauen Augen bezeugen es. Die Frau lächelt ihm zu wie einem kranken Kind. Sie bittet ihn herein und bietet ihm einen Platz auf dem Wohnzimmersofa an. So abgekämpft, wie er aussieht, will sie ihn nicht wieder nach draußen lassen. Fast macht ihr die fiebrige Verzweiflung Angst, die von dem jungen Mann ausgeht.

«Möchtest du etwas trinken?»

Stanislas nickt. Die Frau schenkt ihm einen Schuck Cognac ein, der ihm in Mund und Kehle brennt, und da bricht Stanislas in Tränen aus.

«Pardon, Madame, Pardon, ich …»

Meine Mutter nimmt ihn in den Arm und tröstet ihn. Weine nur, Jungchen, weine. Zur Ermunterung sagt sie, er habe doch sein ganzes Leben noch vor sich. Stanislas schwört, er werde sich nie wieder verlieben.

«Ach, das sagt man so!»

«Ich schwöre es Ihnen, Madame.»

Meine Mutter holt eine Schachtel Taschentücher.

«Putz dir die Nase und erzähl keine Dummheiten.»

«Danke, Madame. Sie sind so lieb zu mir.»

Er fragt sie, ob sie weiß, warum. Warum ist Camille so? Hat sie ihr davon erzählt? Sagt sie, dass sie ihn geliebt hat?

Eine kleine Lüge hat noch niemandem etwas zuleide getan. Meine Mutter nimmt Stanislas' Hände in ihre und blickt ihm in die Augen.

«Hör zu, Stanislas, ich weiß nicht, warum Camille das tut, aber eines weiß ich ganz sicher, es ist noch lange hin, aber eines Tages werdet ihr wieder zusammenkommen. Und dann werdet ihr beide bereit sein, einander zu lieben. Hab Geduld. Irgendwann kommt sie wieder zu dir zurück.»

Das Gift der Hoffnung. Das einem hilft, jede Kröte zu schlucken. Diese Aussicht soll ihm erlauben, abends mit einem schönen Gedanken einzuschlafen, bis der schlimmste Schmerz sich legt. Bis eines Tages diese Vorstellung, Camille zurückzugewinnen, ihm lächerlich, sinnlos erscheint und er sie leichten Herzens vergessen kann. Aber gerade jetzt fühlt sich Stanislas plötzlich wie erwärmt. Er hat der Kälte wieder etwas entgegenzusetzen und kann sich selbst schwören durchzuhalten. Camilles Mutter hat ganz recht, sie sind noch zu jung, aber eines Tages, eines Tages …

# 9

Drei Jahre sind vergangen. Ein Jahr in der Abiturklasse und zwei im Literatur-Vorbereitungskurs zur *École Normale Supérieure*, wo ich gelernt habe, Abhandlungen in drei Abteilungen und drei Unterabteilungen zu verfassen, wo ich Kojève und dann Hegel entdeckt habe, Proust und dann Genette. Ich habe Ciceros Reden gegen Catilina auswendig gelernt, unser Professor nötigte uns dazu, sie auf der Freitreppe stehend zu rezitieren, in eine Toga gewandet und auf Latein, ich habe die feinen Unterschiede zwischen Cluniazensern und Zisterziensern studiert, Friedrich von Schiller und Virginia Woolf übersetzt, habe Stummfilm-Festivals besucht und elf Stunden dauernde Theaterstücke gesehen; ich habe endlos viel gearbeitet, unterstrichen, markiert, exzerpiert, zusammengefasst, gespeichert, ganze Epochen der Weltgeschichte, die Chroniken rollten vor meinen erstaunten Augen ab. Ich kam mir vor wie eine gestopfte Gans, die Leber kurz vorm Bersten vor lauter Kultur, entsetzt bei der Vorstellung, eines Tages das alles in sauberer und geordneter Form wieder auskotzen zu sollen.

Bei der Aufnahmeprüfung zur *École Normale Supérieure* fiel ich dann durch. In Latein hatte ich fast null Punkte.

Angenommen wurde ich an der ESSEC, einer Wirtschafts-Elitehochschule, an die ich nicht gehörte. Am ersten Studientag lernte ich Jade kennen, einen jungen Mann, so schön wie ein persischer Prinz. Wir verliebten uns ineinander. Ich hatte keine Angst mehr vor Männern, schließlich hatte ich jetzt Körbchengröße 85C.

Ich arbeitete, las und lernte nicht mehr. Stattdessen trank und feierte ich. Die Elite-Unis sind dafür bekannt. Die Studentenfeten folgten Tag um Tag aufeinander, ich konnte saufen wie ein bretonischer Seemann, mein Schatz war beliebt, wir waren ein strahlend schönes Paar.

Wir tanzen in einer Dekoration aus künstlichen Palmen, Sand ist hier und Liegestühle, mitten in Paris. Spotlights, ein DJ, ein Schluck Tea-Punch hier, ein Schluck Sex on the Beach da, ich trage ein Paillettenkleid, und mir gehört die Welt. Auf einmal steht reglos Stanislas vor mir. Er besucht auch eine Wirtschaftshochschule. Er ist auch zu der Fete eingeladen. Drei Jahre sind vergangen, mir bleibt das Herz stehen.

«Guten Abend, Camille.»

«Guten Abend, Stanislas.»

Er lächelt mich an, scheint sich zu freuen, dass er mich sieht.

«Verrückt, gerade hatte ich an dich gedacht.»

Er denkt immer noch an mich. Ein Blitz zuckt durch meine Augen. Stanislas beherrscht sich mustergültig und sagt wie zum Scherz: «Oh, keine Sorge, nur so, ich meine … nicht oft … nur so manchmal, darum ist das ja so verrückt, also, ich meine, der Zufall, also, dass ich dich ausgerechnet hier treffe, wo ich eigentlich gar nicht so oft an dich denke … Was machst du denn so?»

«Ich bin an der ESSEC.»

Er staunt, er hätte nie gedacht, dass ich an einer Wirtschaftshochschule lande, wo ich doch Bücher so liebe. Jade hat uns schon in sein eifersüchtiges Auge gefasst, er kommt herüber.

«Jade, das ist Stanislas. Wir waren auf dem Gymnasium zusammen.»

«Bonsoir.»

Stanislas deutet eine Verbeugung an, sein blauer Blick wird stählern, das Lächeln verächtlich. Mein Kleid funkelt unter den Plastikpalmen, aber es scheint mich nicht mehr zu geben. Ein Hahnenkampf beginnt. Ich bin in die Zeit zurückversetzt, in der Stanislas mit dem Kopf durch die Wand wollte. Dieselbe triumphale Freude mischt sich mit der Angst, die Heftigkeit seiner Leidenschaft könnte sich gegen mich wenden. Es tut ihm weh; seine Höflichkeit, seine Gefasstheit sind ein Schrei. Nur der Bruchteil einer Sekunde, und die Wunde ist wieder aufgebrochen. Aus der Nähe würde ich sein Kinn vor Hass zittern sehen. Jade ist gekommen, um sein Terrain zu behaupten. Er war nicht darauf gefasst, solch einer Gereiztheit zu begegnen. Das Gespräch dreht sich um die Unis, an denen wir studieren. Die beiden sind fürchterlich, ihre Sätze klingen wie zerbrechendes Glas. Keiner der beiden beachtet mich mehr. Ich bin nur noch ein Ziergegenstand, eine Trophäe. Ich überlasse sie ihrem Duell, fliehe klopfenden Herzens, bestürzt von so viel Liebe. *Verrückt, gerade hatte ich an dich gedacht.* So etwas von treuherzig. Hoffte er etwa, die Prophezeiung meiner Mutter würde sich erfüllen?

Ich sah Stanislas an jenem Abend nicht mehr wieder, ich genoss seinen verfrühten Aufbruch. Genoss ihn wie eine verbotene, köstlich saure Frucht. Einen Knoten im Bauch, mit roten Wangen. Die Freude zeichnete sich auf meinem Gesicht ab und verriet mich; Jade machte mir eine Eifersuchtsszene.

«Du hast mit ihm geschlafen.»

«Nein.»

«Du lügst.»

«Nein.»

«Es hat so was von geknistert zwischen euch.»

Ich versuchte mich herauszureden. Stanislas war ein Niemand, ein vollkommen unwichtiger kleiner Exfreund. Ich musste mich beherrschen, um nicht zu lächeln. Ich hätte Jade das sadistische Glück nicht erklären können, das Stanislas mir bereitet hatte, jene Allmachtsempfindung, so enorm, dass man fast ersticken könnte, das Gefühl, geliebt zu werden.

# 10

Mir war das Thema meines zweiten Buches eingefallen, auf einmal stand es mir ganz klar vor Augen. Julien sollte der Protagonist sein, Stanislas eine Nebenfigur.

Ich bin fünfundzwanzig Jahre alt. Ich habe meinen Abschluss von der ESSEC, ich habe Jade verlassen. Ich habe César kennengelernt und ihn geheiratet. Ich habe eine Event-Agentur gegründet, ich betreue Hochzeiten, Bar-Mizwa-Feiern, Ordensverleihungen, gastroenterologische Seminare, Betriebsfeiern, ich habe mit einem gewissen Erfolg einen Roman veröffentlicht, und mein Verleger rät mir, gleich weiterzumachen.

César stört mich, er mag es nicht, wenn ich schreibe, er ist eifersüchtig. Diesmal werde ich von dem hinreißenden, wunderbaren César nichts schreiben, er hat an anderem Orte schon zu viel Platz eingenommen. Ich will nur sagen, dass wir aus einem Hirngespinst heraus geheiratet hatten und er mich sehr bald unglücklich machte. Ich war enttäuscht, die Perspektive einer Scheidung erschien mir als schweres Scheitern, schon gar nach meinen Liebesschwüren, außerdem hatte meine Mutter mir meine große Hochzeit auf Kredit ausgerichtet. Trotzdem kann ich nicht leugnen oder vergessen, dass das eine der hinreißendsten Phasen meines Lebens war. Ich hatte literarischen Erfolg, ich trat im Radio und im Fernsehen auf, ich schrieb an einem zweiten Buch und sah zum ersten Mal die Möglichkeit am Horizont, von meiner Leidenschaft zu leben. Zu schreiben war immer mein großer Traum gewesen, jetzt schien er Wirklichkeit zu werden. Mit oder ohne César, ich würde mich nicht herunterziehen lassen, das entsprach nicht meinem Temperament. Ich schlief wenig und trank viel, ich rauchte wie ein Schlot. Meine kleine Firma gedieh – jedenfalls sorgte sie dafür, das wir die Miete bezahlen konnten –, ich schrieb, ich besuchte den *Cours Florentin*, eine renommierte private Schauspielschule, ging zu Castings, all das auf einmal, ich hatte einen unerschöpflichen Glauben an mich selbst, eine Wahnsinnsenergie. Nur eines bereitete mir Probleme, meine scheiternde Ehe, Césars immer aggressiveres, immer unerträglicheres Verhalten. Ich musste ihn verlassen, ich musste mich seiner entledigen, ich musste mir einen anderen Mann suchen.

Seit jenem ersten Kuss im Mondenschein war ich nie wieder allein gewesen. Wie ein Schimpanse, der bei jedem Luftsprung auf Nummer sicher geht, ließ ich einen Ast immer erst dann los, wenn ich einen anderen in Griffweite hatte. Bevor ich César verließ, musste ich mich mit jemand anderem zusammentun. An Anwärtern fehlte es nicht. Es galt genau zu zielen, aus meinen Irrtümern zu lernen. Abends in unserem Bett listete ich die Eigenschaften auf, über die mein nächstes Ziel unbedingt verfügen musste: Er würde fleißig sein, liebenswert und reich. Intelligenz und Aussehen fielen nicht so ins Gewicht. Noch einmal würde ich nicht in dieselbe Falle gehen. Ich hatte die Chance, Schriftstellerin zu werden, das war kein Hirngespinst, aber ich brauchte die Hilfe eines Mannes, der mich so lange aushielt, bis ich aus eigener Kraft bestehen konnte. Geld hatte für mich immer eine wichtige Rolle gespielt. Zwar war Césars Familie durchaus vermögend, aber ich hatte schnell den Unterschied zwischen dem Geld der Mutter und dem des Sohnes begriffen. Weder war César berufstätig, noch hatte er einen Abschluss. Sobald die erste Verliebtheit abgeklungen war, musste ich feststellen, dass ich nie dazu bereit sein würde, auf längere Sicht für den Unterhalt eines Mannes aufzukommen. Mit César gab es keinerlei wirtschaftliche Perspektive, es sei denn eine Erbschaft, und ich wollte nicht auf ein bequemes Leben warten, bis ich sechzig war. Ich verdiente etwas Besseres. Wenn ich mir Mühe gab, konnte ich mehr oder weniger jeden um den Finger wickeln; ich durfte nur keine Zeit verlieren. Ich hatte Talent für das Glück, und ich fand es vollkommen legitim, all meine Liebe, all meine Energie für jemanden aufzuwenden, der mir Gleiches mit Gleichem vergelten würde. In der Gosse würde ich nicht enden, meine Mutter hatte sich genügend krummgelegt, um mir eine Goldes werte Ausbildung zu ermöglichen. Von klein auf hatte ich in Kreisen verkehrt, die bessergestellt waren als meine Familie, das musste doch Früchte tragen.

Thema meines zweiten Romans war ein Spiel, das Julien und ich auf dem Gymnasium getrieben hatten, ein grausames und gefährliches Spiel, in dem wir den Vicomte de Valmont und die Marquise de Merteuil imitierten, die Hauptfiguren aus Choderlos de Laclos' *Gefährliche Liebschaften.* Abwechselnd verführten wir – rein, weil es so poetisch war – arme unschuldige Seelen und ließen sie furchtbar leiden. So jedenfalls stand es in meinem Buch. Die Wirklichkeit war sehr viel weniger romanhaft.

Stanislas war im Buch das erste Opfer. Während ich seine Figur schreibend entwickelte, fing ich unwillkürlich an, von ihm zu träumen. Erst tagsüber und wann ich es wollte, dann kam er nachts unwillkürlich von selbst wieder. Ich stellte mir vor, wie er vor Liebe verging, ein Mann, der mich verstehen und lieben würde, während ich jetzt zu Hause, wo mich ein egozentrischer Mann tyrannisierte, tausend Tode starb.

Irgendwann wurde ich einfach zu neugierig, gab unter dem Vorwand, meiner Figur näherkommen zu wollen, seinen Namen in eine Suchmaschine ein und fand heraus, was aus ihm geworden war. Das war noch in den Zeiten vor Facebook; aber sein Lebenslauf stand im Netz. Dort waren eine Londoner Adresse und eine Anstellung bei einer Handelsbank angegeben.

Ein Trader, war die Versuchung also doch zu groß gewesen.

Ich wog jedes meiner Worte ab, war mysteriös, geheimnisvoll. Konzentriert wie ein Fischer, der seine Leine auswirft, ich wusste, ich würde nur einen einzigen Versuch haben. Diese erste Mail überdachte ich im Stillen wieder und wieder, einen ganzen Tag lang. Sie musste singen, gleiten, verführen, sie sollte unwiderstehlich sein, durfte keinesfalls unbeantwortet bleiben. Ein paar wenige Sätze, mehr nicht.

Das erste Liebeslied. Und abgeschickt. Der Betreff lautete «Anfrage». Und dann wartete ich auf seine Antwort, es war köstlich, ich hatte einen Knoten im Bauch. Nicht am Wochenende die Mails abrufen, nicht alle fünf Minuten den Eingangsordner anklicken. Warten. Und nach zwei Tagen antwortete er. Angebissen. Jetzt galt es, die Leine behutsam wieder einzuholen; das geduldige Spiel des Aufspulens konnte beginnen.

Nichts ist so verwirrend wie ein Briefwechsel, nichts ist so perfekt dafür geeignet, sich zu verlieben.

Ich führte gleich zwei an verschiedenen Fronten, einen in meinem Briefroman, wobei ich die Antworten meiner literarischen Figur erfand, und einen mit dem Stanislas aus Fleisch und Blut. Mit ihm musste ich listig und trickreich vorgehen, immer fünf Schachzüge vorausdenken. Ich sah ihn wie einen Gegner. So eine Korrespondenz ist ein taktisches Spiel, es kommt nicht nur auf die tatsächlichen Briefe an, sondern sehr stark auch auf die Zeit, die man dazwischen verstreichen lässt. Wartete ich drei Tage lang auf seine Antwort, so amüsierte mich das, nach einer Woche grollte ich ihm, vergingen zwei Wochen, so war mir klar, dass er hatte aufgeben wollen, aber jetzt zu mir zurückgekehrt war. Nicht was wir uns schrieben, zählte, sondern wie viel: Du beantwortest einen Absatz mit einer Zeile, und der andere weiß sofort, er ist abgeschlagen, er hat verloren. Wie könnte man sich dieser herrlichen Komödie entziehen? Die Möglichkeit zum Ehebruch schwingt mit, aber ganz unschuldig, man erwartet die Mails im Geheimen, aber guten Gewissens; schreiben ist nicht dasselbe wie betrügen.

Stanislas schrieb gern. Als Trader verfügte er über eine geschliffene Sprache. Manchmal waren seine Mails mit englischen Wörtern durchsetzt, mit finanzmarkttechnischen Begriffen, so wollte er seine Mails distanziert erscheinen lassen, kompliziert, voll der Poesie einer fremden Sprache. Ich liebte es.

Sehr bald schlug er vor, wir sollten uns treffen. Ich verweigerte es. Zunächst nur aus ganz praktischen Gründen. Ich war eine verheiratete Frau. Stanislas kam nur an den Wochenenden nach Paris, ich hätte eine Lüge erzählen müssen, um ein Treffen zu arrangieren, das war unmöglich. Ich genoss unsere Fernbeziehung, allmählich ging ich in die Falle, die ich selbst gestellt hatte. Ich hatte auch Angst vor Enttäuschung. Aber um ihn zu halten, musste ich ihm ein klein wenig von dem geben, was er haben wollte. Noch zögerte ich. Aber nach einer Weile war ich einfach zu neugierig, ihn zu sehen. Er hatte mir seine Telefonnummer gegeben, ich wählte sie und lauschte nur einfach seiner Stimme und der Frage «Hallo – wer ist da?» – allein bei der Erinnerung bekomme ich Gänsehaut –, dann legte ich rasch auf.

Bei mir zu Hause fand ich meinen unerträglichen Gatten wieder, meinen verfluchten Künstler; mit seinen Krisen ging es auf und ab, je nach Alkoholkonsum.

Stanislas' Mails waren meine Sauerstoffmaske geworden. Dabei war die Situation mittlerweile alles andere als rosig. Ich wollte nicht lockerlassen, aber inzwischen war ich es, die ihm hinterherlief. Während all der Monate dieses schriftlich ausgetragenen Krieges war seine beste Verteidigung stets, meine Mails unbeantwortet zu lassen. Ich habe ihn unzählige Male erneut angeln müssen. Er spielte die Karte der Ernsthaftigkeit aus, der Freundschaft, mal schlug er einen distanzierten Tonfall an, mal plauderte er, abwechselnd locker und freundlich. Er schilderte mir sein Leben in London, etwas prahlerisch, ließ hie und da Bemerkungen fallen wie «Berluti» oder «Geschäftsreise nach New York», ich gönnte ihm diese Kindereien; es war ja ein gutes Zeichen, dass er mich beeindrucken wollte. Aber ich musste ihn immer wieder auf das Spielfeld der Verführung zurückzerren, ihn frisch an den Haken nehmen. Doch dann zog er sich zurück, und ich hörte nichts mehr von ihm. In der Rückschau erkenne ich, dass das die beste Methode war, um mich einzufangen. Ich wollte es eben so gern.

Wenn er gewusst hätte, wie vernarrt ich in ihn war, hätte er mir ganz sicher nicht seine Liebe gestanden. Seit fast drei Wochen hatte er sich nicht gemeldet, also setzte ich alles auf eine Karte: «Lebst du eigentlich noch? Falls du tot bist, verzeihe ich dir alles. Falls nicht, nichts.» Er antwortete noch am selben Tag. Ich las eilig die Mail: «Ich bin nicht tot – noch nicht. Bitte verzeih mir mein Schweigen, ich habe gute Gründe dafür. Ich liebe dich immer noch. Die Wunde ist nur oberflächlich vernarbt und darunter noch so tief.» Dann versuchte er sich damit herauszureden, dass er nicht mich liebe, sondern ein Phantom, und dass es besser sei, es dabei zu belassen.

## *II*

Er war für eine Woche in Paris, und ich schlug ihm eine Verabredung zum Mittagessen an der Place des Vosges vor, nahe meinem Arbeitsplatz. Ich zog Espadrilles mit Blockabsatz an, dazu ausgewaschene Jeans, ein weißes T-Shirt und denjenigen meiner BHs, der meine Brust schön rundlich hob und formte. Sexy, cool. Es war im Vorfrühling. Er saß auf einer Bank und wartete auf mich. Ich erkannte ihn nicht wieder, er war gealtert, ein Mann geworden, mit breiten Schultern, fülligerem Gesicht, der Schopf war derselbe geblieben, die fröhlichen blauen Augen auch. Wir setzten uns im Freien an den Tisch eines Cafés. Ohne mich zu fragen, ob es mir recht war, bestellte er einen Teller Räucherlachs und zwei Wodka-Tonic. Ich bemerkte, es sei für Wodka vielleicht noch etwas früh, er sagte nur: «Du wirst schon sehen, er wird dir schmecken.» Er nahm die Dinge in die Hand, schlug einen spielerischen Ton an, ich ließ mich mitreißen.

Trotzdem blieben wir beide auf der Hut, wollten verführen, ohne verführt zu werden, vor allem er hatte sich noch zu revanchieren. Ich stellte mir vor, wie er von der Höhe seines Erfolgs hinab dem verletzlichen und unbeliebten jungen Mann zunickte, der er damals gewesen war. Denn es hatte geklappt, das Wort «gewonnen» blinkte auf seiner blanken Stirn. Seine Macht lag im Geld, er setzte es ein wie eine Kanonenkugel. Sein Hemdkragen, seine schlanken Mokassins, alles atmete den Luxus des hart arbeitenden jungen Mannes, der sich seine Belohnungen gönnt. Lässig sog er an seinem Strohhalm. Vielleicht hatte er unmittelbar festgestellt, dass die Rollen sich umgekehrt hatten, dass jetzt ich es war, die nach Liebe suchte. Er teilte mir mit, er habe eine Freundin, meinte aber auch gleich, sie sei vollkommen unwichtig, obwohl sie bei ihm wohne.

Was bleibt von diesem Essen? Er gefiel mir, er hatte sich verändert, ich fand ihn attraktiv, er beeindruckte mich, er war so ruhig, so entspannt, fast ungerührt.

Für mich bedeutete dieses Treffen viel, ich ging mit klopfendem Herzen hin und hatte meinem Mann nichts davon erzählt. Falls Stanislas mich noch liebte, verbarg er es gut. Ich bewunderte seine Gelassenheit. Meine Nerven lagen blank. Ich hatte mir alles Mögliche vorgestellt, dass er mich bei der Hand nehmen, mich in eine Hauseinfahrt drängen und leidenschaftlich küssen, mir mit den Händen die Haare zerwühlen würde. Ich hätte ihn sacht am Hals geküsst, seinen Geruch gerochen und wäre schwach geworden. Aber nichts dergleichen.

Ich sitze ihm gegenüber und blicke ihm tief in die Augen, er blinzelt nicht einmal. Es wird bei dem ganzen Treffen keinen einzigen körperlichen Kontakt zwischen uns geben, sogar beim Abschied wird er auf Distanz bleiben. Ich habe verloren, ich werde wütend. Er ist charmant, lustig, springt von einem Thema zum anderen, erwähnt die Vergangenheit mit keinem Wort, nur die Gegenwart, erkundigt sich sogar nach meinem Mann. Ich hätte eine Art Befangenheit erwartet, ein vielsagendes Schweigen, und jetzt komme ich nicht dazu, auch nur eine einzige meiner Fallen aufzubauen. Er fühlt sich absolut wohl in seiner Haut, genau, alles an ihm sagt mir, dass es mir nicht gelingen wird, ihn aus dem Gleichgewicht zu bringen. Ihm geht es nur darum, ein unterhaltsamer Tischgenosse zu sein. Die Zeit vergeht, unvermittelt steht Stanislas auf, er muss los, daran gibt es nichts zu rütteln, das ist nicht verhandelbar. Wenn ich eine gute Verliererin wäre, würde ich ihn beglückwünschen, im Mündlichen hat er besser abgeschnitten als im Schriftlichen. Und er geht ohne eine Umarmung, ohne einen Kuss auf die Wange.

Ich kehre zu meiner Arbeit zurück, mir ist kotzübel. Habe ich ihn enttäuscht? Bin ich ganz niedlich, mehr nicht? Ich weiß nicht mal mehr, was wir beim Abschiednehmen gesagt haben, auf Wiedersehen? Bis bald? Ich habe es versiebt. Ich war mir meiner Sache zu sicher, das bereue ich jetzt, ich hätte weiter aus meiner schützenden Deckung heraus schreiben sollen. Es war noch zu früh. Das verübele ich mir, ich würde mich ihm gern an den Hals werfen, sagen «Liebe mich, ich brauche es so sehr, dass mich jemand liebt, nimm mich mit deinem Gepäck mit, fordere mich auf, nach London zu dir zu ziehen.» Aber Stanislas ist ein ernster Mann geworden, Leidenschaft und Verrücktheiten gehören der Vergangenheit an. Er will sein Leben so gestalten, dass es ein gelungenes Leben wird. Wer bin ich? Eine verheiratete junge Frau, frustriert. Nein danke, er ist nicht interessiert.

Während ich die Rue du Faubourg-du-Temple hochgehe, wähle ich seine Nummer. Er nimmt ab. «Ja?» Ich halte die Luft an. «Ich liebe dich immer noch.» Atemlos lausche ich seinem Schweigen. «Hör her, Camille …» Ich schneide ihm das Wort ab, spiele meine letzte Karte aus: «Wir dürfen uns nie mehr wiedersehen und uns schon gar nicht mehr schreiben. Es tut mir furchtbar leid.» Ich höre sein Lachen in der Leitung. Es klingt gestellt. «Du bist grässlich, Camille!» Er ist sehr wütend. Mein Herz macht einen Satz in meiner Brust. Ich habe ihn am Wickel.

# 12

Vier Tage später schickte ich ihm eine einfache kleine SMS: «Warum schreibst du mir nicht mehr?» Keine Stunde, und ich hatte seine Antwort. Ich erinnere mich an meine Freude, das reinste Feuerwerk in meiner Brust. Verrückt vor Glück, glücklich wie eine vor dem Ertrinken Gerettete, ganz heiß war mir, ich holte schnell eine Flasche Rosé und ein Päckchen Zigaretten, um mein Glück zu feiern. Ich war verliebt und wollte nur noch eines: ihn wiedersehen. Meine Lippen auf seine legen. Ich schwebte. Beim Einschlafen dachte ich an ihn und träumte davon, wie wir uns im Regen küssten. Ich erfand unser Treffen an der Place des Vosges neu, meinen Anruf aus der Rue du Faubourg-du-Temple, er kam sofort zu mir zurück, im Laufschritt, riss mir das Telefon aus der Hand und schob mich in einen Hauseingang. Das Szenario, das ich vor unserer Begegnung entworfen hatte, überlagerte die Realität, ich ließ die Szene so oft vor meinem inneren Auge ablaufen, wie es mir gefiel, unermüdlich, er wurde dabei von Mal zu Mal stürmischer, ich selbst immer hingebungsvoller.

Mein Mann lag schlaflos neben mir im Bett und war tagsüber nur umso aufbrausender. Er spürte, dass ich ihm entglitt, ich verhehlte es ihm nicht einmal mehr, unsere seit Monaten so wüsten Kräche verwandelten sich in Monologe. Stumm und mit unbewegtem Gesicht wartete ich ab, dass sie vorübergingen, manchmal voller Angst, er könnte anfangen, mich zu ohrfeigen. Bald würde ich gerettet sein. Bald würde ich stark genug sein, diesen Mann zu verlassen; mir fehlten nur noch ein Pferd und ein edler Ritter.

Jetzt schrieben Stanislas und ich uns regelmäßig. Die Place des Vosges und meinen Anruf danach erwähnten wir dabei nie. Es galt als ausgemacht, dass er mich noch liebte und ich ihn ebenso. Unsere Mails waren kein Verführungsspiel mehr. Wir tauschten uns über alles und nichts aus, nie darüber, was uns beide betraf. Auf diese Weise wurden banale Gespräche ganz und gar wesentlich. Und dann eines schönen Tages war er wohl des Wartens überdrüssig, oder diese platonische Liebe genügte ihm nicht mehr – oder wer weiß, vielleicht wollte er diesmal auch alles auf eine Karte setzen –, jedenfalls schrieb er: «Ich möchte dich wiedersehen. Magst du nach London kommen? Nein, besser, wir treffen uns in Rom, Florenz, in Kairo, Kapstadt, Sankt Petersburg, Mexico City oder Las Vegas, in einer Stadt, die für uns ohne Vergangenheit ist. Du brauchst nur ja zu sagen, und wir fliegen los.»

Mit ihm weggehen. Es war Zeit. Ich war bereit.

Eine Trennung ist ein chirurgischer Eingriff. Erst kommt die Narkose, bis alles ruhig ist. Dann schnitzt man seine Sätze mit dem Skalpell zu und schreitet ohne weiteres Zögern mit beherzten Schnitten zur Operation. Man sorgt für saubere Wundränder, lässt keinerlei Zweifel oder Zuneigung übrig, die sich später entzünden könnten. Und das Zunähen überlässt man einer Krankenschwester, man selbst hat den OP dann schon verlassen und wäscht sich die Hände in Unschuld. Meine Trennung von César würde blutig sein, ich brauchte ein Zuckerchen, um mir Mut zu machen.

Am kommenden Wochenende fand in Metz ein kleines Literaturfestival statt. Ich schlug Stanislas vor, dorthin zu kommen. Ich würde mein Buch signieren und zwei Tage lang allein sein. Dann würde ich den Schritt wagen, falls der Schritt es wert war. Ich erinnere mich an sein Hotel, das edelste der Stadt. Ich wartete in einem geschlitzten, schokobraunen Kleid auf ihn. Als er aus dem Fahrstuhl trat, strahlte er triumphierend. Ich hatte nachgegeben, war in einer fremden Stadt, kam sogar in sein Hotel, um mich ihm hinzugeben. Er trug einen Anzug, dazu eine tadellos geknotete Krawatte und zu Tode gewienerte Schuhe. Nichts mehr von dem unbekümmerten Mann, der an der Place des Vosges zwei Wodka Tonic bestellte. Er erinnerte an einen Krieger. Angesichts seines Lächelns dachte ich: Er wird mich verschlingen. Er schlug vor, gleich hier im Hotel zu Abend zu essen, es verfügte über ein namhaftes Restaurant. Wahnsinns-Schnickschnack, Bresse-Poularde in Stickstoff gegart auf einer Streu von Szechuan-Bambussprossen. Er schien sich in seiner Haut extrem wohl zu fühlen, wie ein Fisch im Wasser, aber der Schein trog, er redete zu viel. Er versuchte gut dazustehen, wollte mich beeindrucken. Um mein Studium an der ESSEC zu finanzieren, hatte ich drei Jahre lang als Trainee in einer Handelsbank gearbeitet, und seine Berichte aus der Londoner Finanzwelt beeindruckten mich nicht weiter. Ohnehin beeindruckt mich an einem Mann selten das, was er denkt. Geld schon. Geld hatte immer schon zu Stanislas' Vorzügen gehört. Eine scharfe Zunge, Zielstrebigkeit, Ehrgeiz, das fand ich hinreißend. Gebleckte Zähne finde ich schön. Einen blitzenden Geist auch. Aber auf Hermès-Krawatten und Visitenkarten mit schillernden Titeln pfeife ich.

Der Abend nahm seinen Lauf, ich kam wieder zu Sinnen. Der Wein floss, eine Flasche pro Kopf, das Gespräch war lebhaft. Wir waren zwei alte Weggefährten, die sich nie ganz aus den Augen verloren hatten, wir hatten einander so viel zu sagen. Unsere jugendlichen Küsse anzusprechen vermieden wir, diese Erinnerung wollte Stanlislas offenbar schützen. Er freute sich, mich heute wiederzusehen, und auch mir lag ganz und gar nicht daran, ihn an die Camille jener Zeit zu erinnern, als er achtzehn war. Nach und nach ließ er seine Maskerade fallen, erzählte mir von seiner Familie, von den Sorgen mit seinem Bruder, der kurz davor war, «eine unpassende Frau» zu heiraten. Ich hatte keine Ahnung, warum er mir das erzählte, beschloss aber, das riskante Thema Ehe zu umgehen. Nach dem Essen schlug er vor, wir könnten in seinem Zimmer noch ein Glas trinken. Ich willigte ein. Oben legte ich mich auf sein Bett, er nahm in einem Sessel Platz, mir gegenüber. Sorgfältig plünderten wir die Minibar, bis morgens um fünf, und diskutierten viel. Stanislas ließ nie eine Pause entstehen. Und dann irgendwann stand er auf und meinte, ich sei doch sicher müde. Und er bot mir an, mich zu meinem Hotel zu begleiten, der perfekte Gentleman.

Ich liege allein auf meinem Bett, den Kopf tief ins Kissen vergraben, bin nicht im Geringsten müde und frage mich, was er gerade denken mag, am anderen Ende der Stadt in seinem Fünf-Sterne-Palast. Schnuppert er meinem Parfüm hinterher? Denkt er, es war gut, dass er keinen Vorstoß gemacht hat? Oder tut es ihm leid? Er ist eigens mit dem Flugzeug aus London gekommen, um mich auflaufen zu lassen, ich kann es nicht glauben. Wir hatten uns doch extra dazu getroffen. Ist er jetzt stolz darauf, dass er widerstanden hat? Hatte er es geplant? Oder hat er kalte Füße bekommen? Ich tobe innerlich. Es ist sechs Uhr morgens, ich will nicht schlafen, ich schlafe dennoch ein.

Ein paar Stunden später greife ich nach meinem Telefon und sehe auf dem Display Stanislas' Namen, gefolgt von den Worten *Will I see you tonight?* Es ist Sonntag, ich fahre erst am Montag nach Hause. Ich springe auf und ziehe mich hastig an. Erst einmal darf ich meine Metzer Leser nicht sitzenlassen. Und dann ist alles möglich, wir haben noch eine ganze Nacht.

«Was schlägst du vor?»

«Da weitermachen, wo wir aufgehört haben. Die Nacht war viel zu kurz, wir haben ja gerade erst angefangen, miteinander zu reden.»

Mir dreht sich der Kopf. Den Tag über bekomme ich immer wieder Gänsehaut, ich warte, hoffe, lächele beim Signieren meinen Lesern zu und zähle die Stunden, wieder den Knoten im Bauch. Ich gehe in die Badewanne, mache mich schön, creme mich ein, massiere meine Brüste vor dem Spiegel. Ich bin fünfundzwanzig Jahre alt, habe das Leben vor mir, da ist mein weißes Kleid mit dem Blumenmuster, ein Tröpfchen Parfüm hinter die Ohrläppchen, die Haare zu einem Knoten gesteckt. Noch ein letzter Blick in den Spiegel, ich muss ihm gefallen, es soll ihn umhauen. Einen anderen Schlachtplan habe ich nicht.

Ich werfe die Tür zu und eile die Treppe hinab. Unten wartet er schon auf mich. Wir gehen spazieren, voller Ungeduld, aber beherrscht, der Erste, der einen eindeutigen Schritt wagt, hat verloren. Wir gehen etwas trinken und dann Abend essen. Er hat immer noch nicht meine Hand genommen, er hat mich immer noch nicht geküsst. Wie damals in der übervollen Metro auf dem Heimweg von der Fête de la Musique. Ich drehe mich zu ihm um: «Weißt du, dass du der erste Junge warst, den ich geküsst habe?» Er lacht, will mir nicht glauben, «Wie, mit sechzehn? Da warst du aber spät dran.» Doch dann wechselt er rasch das Thema, mein Versuch hat nicht gewirkt. Dabei denken wir beide nur daran und vermeiden sogar, einander anzusehen.

«Ob sie die Minibar wieder aufgefüllt haben?»

«Da müssen wir wohl mal nachschauen.»

Mit niedergeschlagenem Blick gehen wir auf sein Zimmer hoch. Wir machen kein Licht an, ich lege mich auf das Bett wie gestern, er zögert kurz und nimmt dann wieder den Sessel. Mir ist ganz fiebrig. Unter der Tür fällt etwas Licht vom Flur herein, ein Streifen auf dem hellen Teppichboden. Der Schein der Straßenlaternen kommt bis hier herauf und zeichnet Schatten auf Stanislas' Gesicht. Ich will, dass er mich nimmt. Ich schließe die Augen, presse die Lider aufeinander. Bin vor Angst halbtot. Mein Körper spannt sich unmerklich. Stanislas stellt mir eine Frage, ich bleibe stumm. Er lacht, meint, in was für einer merkwürdigen Situation wir uns doch befinden, ich werde nicht mehr antworten. Nach und nach erfüllt Beklommenheit das Zimmer, Stanislas redet immer noch. Ich höre ihn nicht mehr, das Blut pocht in meinen Ohren. Wir sind beide völlig reglos, nur seine Stimme hallt im Leeren. Unzusammenhängende Sätze. Irgendwann flüstert er nur noch. Ich versuche zu verstehen, was er sagt, offenbar ist das ein Selbstgespräch, mir wird schwindlig. Wie in einem Traum klammere ich mich an den Sinn der Worte, um meinen Sturz aufzuhalten. Er murmelt, er sei froh, dass er nach Metz gekommen ist, mich wiedergesehen hat, «Camille», er spricht meinen Namen aus, «Camille», wie ein Gebet. Und auf einmal schweigt er. So verharren wir in gespannter Stille. Dann bewegt er sich. Er muss aufgestanden sein, ich kann hören, wie der Sitz des Ledersessels atmet. Mit einem fast nicht wahrnehmbaren Knistern kommt Stanislas zu mir, seine Sohlen auf dem Teppichboden, ich warte in Alarmbereitschaft, als ob mein Leben von diesen sachten Geräuschen in der schweigenden Dunkelheit abhinge. Er hat innegehalten, es dauert unendlich. Dann spüre ich, wie er sich auf den Bettrand kniet, seine Hände auf der Matratze, das gedämpfte Rascheln des Lakens. Mein Herzschlag beschleunigt sich, der Schatten seines Gesichts legt sich auf meines, jetzt ist er nur noch weniger Zentimeter über mir. Nein, ich mache die Augen nicht auf.

Er streift meine Lippen. Sein Mund berührt den Rand

meiner Lippen, ich weiß, dass er lächelt. Es ist warm. Seine Nasenspitze wandert über meine Wange, er setzt mir einen leichten Kuss auf den Hals. Ein Kitzeln, ein Kontaktpunkt, ein Funken. Ein gewaltiger Strom schießt auf uns herab und zuckt durch unsere Adern, eine Woge des Begehrens überspült uns. Ich greife ihm ins Haar, suche seinen Mund wie ein Säugling die Mutterbrust, als ich ihn finde, kippe ich ins Leere. Unsere Zungen begegnen einander in einem heißen Kampf. Mein Blumenkleid fliegt durch die Luft. Nur wenige Sekunden, und wir sind nackt. Seine Hände sind überall, seine Hände und die Wärme seiner Haut erhitzen mich. Er frisst mich, ich ertrinke.

# 13

Ich fuhr nach Paris zurück und trennte mich gleich am nächsten Tag von César. Meine Haut kribbelte noch von der Liebesnacht mit Stanislas.

Dann zog ich zu meiner Mutter. Ich weinte viel, fühlte mich verloren und leidenschaftlich verliebt. Den Mann, den ich verließ, hatte ich wahnsinnig geliebt. Ich hatte unter ihm gelitten, aber er war so verletzlich, ich musste mich beherrschen, dass ich nicht zu ihm eilte, um ihn über das hinwegzutrösten, was ich ihm antat. Er flehte mich an zurückzukommen, ihn nicht allein zu lassen. Ich musste mich schützen.

Auf der anderen Seite des Kanals, hoch oben in seinem Wolkenkratzer bei der Bank, in einer Wunderwelt, wo alle Männer Anzug und Krawatte tragen, gab es einen, der nur auf mich wartete. Er versprach, sanft zu sein, mich zu lieben, zu beschützen und wertzuschätzen. Das brauchte ich mindestens, um Césars zerstörerische Leidenschaft zu verlassen, und Stanislas würde sich dieser Aufgabe gewachsen zeigen, er war das Gegenteil eines Künstlers, er war ein Krieger.

Euphorie der Anfänge. Die Engländer reden von den «Schmetterlingen im Bauch». Ich stellte mir eine ganze Wolke Flattertiere vor. Ich begehrte ihn so, von der Handfläche bis zur Spitze seiner Wimpern erschien mir alles erotisch. Er kam an den Wochenenden nach Paris. Wir gingen ins Hotel, wie heimliche Liebende. Sonntagabends auf dem Bahnsteig nahmen wir kleinlaut mit einem letzten Kuss Abschied. Richtig traurig waren wir nie, dafür waren wir zu verliebt. Das Getrenntsein befeuerte unser Begehren. Die Woche über schrieben wir uns, «Ich denke an dich», der andere antwortete «Und ich an dich», die üblichen Banalitäten des Anfangs, für mich so süß wie Honigbonbons. «Am liebsten würde ich mit dir einen ganz langsamen, verzehrenden Liebeswalzer tanzen, er hätte die Form des Schmetterlingsfluges.» Sätze, die ich vor und sogar nach dem Absenden mehrfach las und wieder las. Der reinste Narzissmus, mit dem ich mich an seine Stelle versetzte und mir seine Reaktion vorstellte, wenn er die Mail las, seine Freude. Mein Schreck, wenn ich einen Tippfehler entdeckte. Aber eine Verbesserung hinterherzuschicken, hätte mich verraten.

Euphorisch in fast krankhaftem Maße. Sobald sein Name auf dem Display auftaucht, habe ich Bauchweh; Appetit und Müdigkeit sind wie weggeblasen, nur noch trinken kann ich. Um diesen der Hysterie nahen Zustand aufrechtzuerhalten, denke ich in einer Endlosschleife an Bilder des Vortages oder der Tage davor, wie seine Hand langsam mein Bein emporkriecht, wie er mich in den Rücken küsst, auf Hüfthöhe. Schon flattern die Schmetterlinge wieder los, und mich überläuft ein verliebter Schauder. Hauchleicht, ein zarter Flügel, ein leises Kribbeln unter der Haut, *intus et in cure*, von tief innen bis unter die Haut.

Außerdem telefonieren wir miteinander, mitten in der Nacht. Seine Stimme murmelt im Dunkeln stundenlang

«Ich liebe dich, Prinzessin», er atmet in meine Ohrmuschel, «schlaf jetzt weiter, in fünf, vier, nur noch drei Tagen liegen wir wieder beieinander.»

Wir ließen uns allerlei einfallen, Geheimkodes und neu erfundene Wörter. Er unterschrieb mit «Voller Vermissung, Deiner». Jeden Montag kommentierte er auf Europe 1 die Börsen-News, und häufig gab er mir vorher Bescheid: «Mach heut Abend das Radio an, es gibt eine Überraschung für dich.» Einen Bleistift in der Hand, saß ich neben dem Gerät, bereit, die Geheimnachricht zu entschlüsseln, die er in seinen Redefluss eingebaut hatte. Ich fand sie nicht immer heraus. Einmal notierte ich einer Eingebung folgend die ersten Wörter seiner Sätze. Deren Anfangsbuchstaben ergaben meinen Vornamen.

Dann lud er mich nach London ein. Er holte mich am Bahnhof ab, hatte für das Wochenende einen Jaguar gemietet. Seine Wohnung lag in einem Wolkenkratzer nahe der Canary Wharf, dem Bürogebäudekomplex, wo sich auch sein Arbeitsplatz befand. Es drängte mich, das alles kennenzulernen, ich hatte es mir so oft vorgestellt. Und ich wurde nicht enttäuscht: eine großzügig geschnittene Wohnung, alles in Weiß und Grau und Beige, zwei Marmorbäder, heller Bodenbelag, weiße Ledersofas vor einem riesigen Fernseher, an den Wänden abwechselnd verschwommene Landschaftsfotografien und zweifarbige Gemälde, schwarz-bordeaux, grau-schwarz, über dem King-Size-Bett ein paar Rothkos made in China, eine fleckenlose Küche mit leerem Kühlschrank, die Wodkaflasche im Eisfach, grandioser

Blick auf die Hochhäuser der Stadt, aufgereihte Schuhpaare, blitzblank geputzt, auf Kante gefaltete Hemden, ein Stapel weiße, ein Stapel hellblaue. Eine Wohnung, die eine junge Frau von fünfundzwanzig Jahren beeindrucken musste. Die Frucht seiner Arbeit. Er hatte sie fertig möbliert angemietet, und wie ich irgendwann entdeckte, war die Einrichtung identisch mit der in den Nachbarwohnungen. Dasselbe Geschirr, dieselben pseudodesignten geschwungenen Tassen und Teller aus weißem Porzellan, dieselben Betttücher und dieselben gestreiften Bilder. Luxus aus Serienproduktion. Im obersten Stockwerk ein Schwimmbad und unten ein Doorman, Tag und Nacht, sieben Tage pro Woche. Man brauchte nur den Hörer der Gegensprechanlage abzunehmen und Bescheid zu sagen, schon holten sie den Wagen aus der Tiefgarage und brachten ihn vor den Eingang des Hauses. Das ganze Wochenende lang amüsierte sich Stanislas damit, in die Muschel zu sprechen: *«Hello, yes, flat number 142, bring me my Jaguar, please.»* Wie ein kleiner Junge. Als ich das erste Mal über die Schwelle trat, fragte ich: «So, das ist also deine Mädchenfalle?» Er lächelte dümmlich, umfasste mich und zog mich zu seinem Bett. Ich sehe noch die kurvige Straße unserer Kleidungsstücke vor mir, die wir uns im Flur von den Leibern gerissen hatten.

Es war ein mir ganz und gar neues Leben, ein Leben aus Abendvergnügungen, angesagten Restaurants und Clubs, regenbogenbunten Cocktails, russischen Models und schmerbäuchigen Typen, die dafür bezahlten, dass wir uns amüsierten, die Broker zahlten die Rechnungen der Trader, dieser jungen Typen, die Augenringe und teure Anzüge zur Schau trugen und sich weigerten, ins Bett zu gehen. Sie arbeiteten hart, die meisten nicht weniger als siebzig Stunden pro Woche, und achtzig, wer für die M&A-Geschäfte zuständig war. Alle wollten einen draufmachen und ihr schönes Geld ausgeben. Ganz unvorstellbar, wenn man aus meinem Milieu kam, wo die Arbeit als heilig gilt und alles Geprotze als Teufelswerk. Ein Leben wie im Film, wie im Traum. Ich brauchte nur vor dem Schaufenster eines Yves-Saint-Laurent-Ladens stehenzubleiben und ein Paar Treter zu bewundern, schon drehte sich Stanislas zu mir um: «Möchtest du die? Komm, wir nehmen sie mit!» Ein Leben auf dem Silbertablett.

Er ließ am Air-France-Schalter ein Ticket nach New York hinterlegen, und schon flog ich los. Er war eine Woche lang geschäftlich dort. Als Überraschung wurde ich am Flughafen von einer Limousine erwartet. Ich erinnere mich, wie ich unten den Wolkenkratzer betrat, wie stolz ich war, als ich an der Rezeption bat, man möge Mister Stanislas de B. benachrichtigen, ich sei jetzt da. Die Amerikaner zerbrachen sich fast die Zunge an seinem Namen und Vornamen. Die Hostess hielt mir den Hörer hin: «Er möchte mit Ihnen sprechen!» Seine tiefe Stimme: «Warte bitte noch kurz, ich muss noch ein paar Dinge erledigen, ich beeile mich.» Ich versank in einem Sofa in der Eingangshalle und las solange. Einen Absatz, und dann denselben wieder, zweihundertmal. Diese wenigen Tage in New York gehören zu unseren schönsten Erinnerungen. Das war seine Stadt. Sie stimmte ihn euphorisch. Während er arbeitete, schlief ich oder ging spazieren.

Abends brachen wir zu unserer Runde durch die Bars und Restaurants auf. Wir zeichneten seitenweise *Cadavres exquis*, liebten uns und zogen wieder los, Hand in Hand, machten die Nächte zum Tag. Wie verhungert waren wir und tranken schon zum Frühstück einen *Mimosa* – Champagner mit Orangensaft. Mitten am Nachmittag stahl er sich aus dem Büro fort, um zu mir ins Hotel zu kommen, und brach wie berauscht von unserer Liebe wieder auf, taumelte fast, wenn er sich das Hemd in die Hose steckte. In New York gestand ich ihm, dass ich ein Buch schrieb, zu dessen Figuren er gehörte. Ich hatte das Manuskript dabei, er wollte es lesen. Als er die ausgedruckten Seiten aus der Hand legte, meinte er, dieser Hanswurst interessiere ihn nicht weiter, er erkenne sich in ihm nicht wieder. Dann sagte er noch, eines Tages werde er der wahre Held in einem meiner Bücher werden. Ich küsste ihn leidenschaftlich und versprach es ihm.

Wieder in Europa, bot er mir an, zu ihm zu ziehen. Ich nahm an.

# 14

Ich wollte nicht in einem Wolkenkratzer an der Canary Wharf wohnen, ich mochte weder Hellbeige noch Marmor. Stanislas nickte zu all meinen Wünschen. In South Kensington, mitten im französischen Viertel, fand ich eine große Dreizimmerwohnung mit einer riesigen Terrasse, die auf die Old Brompton Road hinausging. Ich liebte diese weißen Reihenhäuser mit den lackierten Türen, die kleinen Geschäfte, den Blumenladen beim Subway-Eingang. Ich war die Erste, der die Wohnung gezeigt wurde, der Makler sagte, ich dürfe nicht lange zaudern. Also rief ich Stanislas im Büro an: «Vertrau mir, Liebes, die Wohnung ist perfekt.» Er faxte dem Makler seine Kontodaten, dann mietete er einen Transporter und kam über den Kanal nach Frankreich, wo er alles einlud, meine Schuhe, meine Bücher und sogar die blauen Teller, die ich aus Japan mitgebracht hatte. Als die Zollbeamten uns den Transporter öffnen ließen, meinten sie, das seien aber viele Paar Schuhe für eine Einzelperson, doch dann ließen sie uns durch. Wir legten die Elvis-CD ein, und Stanislas sang aus vollem Halse mit: «Devil in Disguise». Im Profil sah er Elvis sogar durchaus ähnlich, das volle Gesicht, die schönen Haare, das rundliche Kinn, die rosigen Lippen. Wir erklommen die gusseisernen Stufen zu unserem neuen Nest. Stanislas verschwand hinter einem Stapel Schuhkartons, der größer war als er. Wir richteten uns ein. Er baute ein Regal für meine Bücher. Überraschenderweise war er handwerklich sehr begabt und außerdem ein Perfektionist. Das Regal verlief quer über eine gesamte Wohnzimmerwand, ich war begeistert. Über das Internet bestellte ich schwarze Samtsofas und einen passenden Kronleuchter, das war gerade so Mode. Die Wand gegenüber den Büchern strich ich satt karmesinrot. Als er an jenem Abend nach Hause kam, baute Stanislas sich vor der roten Fläche auf und seufzte: «Unsere Kaution können wir dann wohl in den Wind schreiben.» Dann bemalte ich die Wände des Flurs mit Schmetterlingen, Seifenblasen und bunten Kirschblüten und bat ihn, den ganzen Korridor hinunter japanische Lampions an die Decke zu hängen. Er telefonierte mit seinem Bruder, einem Ingenieur, über in Reihe schaltbare Glühbirnen und maximale Wattzahlen. Ich nannte ihn einen außergewöhnlichen Mann, und er lächelte stolz. Dann klebte ich meine Sammlung pornographischer Postkarten aus der ganzen Welt an die Toilettenwände, über der Badewanne hängte ich einen Duschvorhang aus Spitzenstoff auf, wir fanden einen riesigen Tisch und Bänke und brachten das Ganze gerade mal so in der Küche unter; was ich in ihr so besonders liebte, war der schwarz-weiße Fliesenboden. Ich stöberte weiter in Trödelläden herum, suchte Kissen zusammen, Decken, Tische, Paravents, Gemälde und Aufbewahrungsschachteln, bis ich die Wohnung in ein schickes und exzentrisches Bohème-Nest verwandelt hatte – eigentlich ganz und gar unpassend für Stanislas. Wir luden seine Banker-Freunde zum Abendessen ein, und sie, die in normierten hellbeigen Wohnungen mit Flachbildschirmen wohnten, sperrten den Mund auf vor Bewunderung. Das wiederum liebte Stanislas.

Als der Frühling kam, machte ich mich an die Terrasse. Ich pflanzte Kürbissetzlinge in Töpfe und Tomaten in Kästen. Eines Tages entdeckten wir beim Herumschlendern einen Gartenmarkt, und ich begeisterte mich für eine üppige Kletterrose namens «Victoria». Stanislas fragte: «Willst du sie haben? Wir nehmen sie mit.» Wir hatten nur nicht bedacht, dass kein Taxi diese ausladende Fracht mit dem erdigen Ballen mitnehmen würde, und so musste Stanislas sie nach Hause schleppen. «Nein, nein, das ist nicht zu schwer, kein Problem, ich komme gut klar, Liebes …» Er hatte eine Woche lang Kreuzweh. Ich erinnere mich, wie sehr er sich freute, als wir uns einen Heizpilz anschafften. «Achtung, noch nicht anfassen, ich mach das schon, man muss die Gasleitung gut festmachen, lass mich mal.» Gebrauchsanweisungen faszinierten ihn.

Wir gingen jeden Abend aus, oder so gut wie jeden. Er führte mich in sündhaft teure italienische Restaurants, wo Hirn mit Trüffeln serviert wurde, oder zu Japanern voller blonder, magersüchtiger Models. Er sagte: «Du bist meine Prinzessin, ich will nur das Beste für dich.» Und wenn ich schüchtern anmerkte, ich würde lieber zu Hause bleiben und vor dem Fernseher Spaghetti essen, dann drehte er die Augen gen Himmel: «Liebes, du bist viel zu *low maintenance.* Dass sich das bloß nicht herumspricht, ja? Meine Freunde sind überzeugt, dass du mich ein Vermögen kostest.» Wir stellten beide Sofas aneinander, frontal, sodass sie eine Art Gondel bildeten, wir nannten es «das Boot», dann machten wir den Videoplayer an, er zog die Vorhänge vor, ich setzte Wasser auf, und wir begaben uns auf die Reise, mit Zigaretten, Wodka Tonic und einer Schüssel Nudeln mit Pesto. Dann ließen wir Tom Cruise oder Jack Bauer die Welt retten, ich kuschelte mich an Stanislas und schlief in seinen Armen ein, in der Gewissheit, dass ich beschützt war, dass mir nichts mehr passieren konnte. Ein Matrose, der seinen Hafen gefunden hatte, sicher und geborgen.

# 15

Das war der Beginn der Langeweile. Alles war perfekt. Er stand früh auf und brachte mir meinen Tee ans Bett. Im Halbdunkel des Schlafzimmers sah ich ihm beim Anziehen zu. Erst das allmorgendliche Ritual, das Rauschen der Dusche, er wusch sich den dichten Haarschopf, Duft der Dove-Seife und des Head & Shoulders-Shampoos. Wir kauften das alles in Viererpacks, um immer etwas im Haus zu haben, Stanislas fand die Vorstellung entsetzlich, ohne dazustehen. Glattrasur, weißes T-Shirt.

«Dass du tatsächlich Unterhemden trägst, wie ein alter Mann ...»

«Das sind T-Shirts von Calvin Klein, wie die Amis sie tragen; wenn die Englishmen abends Schweißflecken unter den Armen haben, bin ich immer noch tadellos.»

Das gebügelte Hemd, sein Lächeln, wenn er sich vor dem Spiegel die Krawatte band, die gewienerten Schuhe, ein Ritter moderner Zeiten, der in den Kampf zog. Ich kletterte nackt aus dem Bett, begleitete ihn unter den Laternen im Flur, schmiegte mich an seinen eiskalten Anzug und wünschte ihm einen schönen Tag. Er baute sich breitbeinig in der Tür auf, feuerte zwei imaginäre Pistolen zum Himmel ab und rief: «Jetzt machen wir Kasse, Liebes!» Dann setzte er sich seine Mütze auf, eine dunkelblaue Wollmütze, um sich nicht zu erkälten, denn seine Haare waren noch feucht, und ging.

Er steigt in die Subway hinunter, fährt Rolltreppen hinab und andere wieder hinauf, als er ins Freie kommt, regnet es auf die riesige betonierte Freifläche der Canary Wharf, er geht darüber, umgeben von all den anderen Bankern, diesen jungen Wölfen der Dämmerung in ihren schwarzblauen, anthrazitfarbenen Anzügen, kaum kann man sie auseinanderhalten im anbrechenden Tag, wie kleine wandernde dunkle Punkte, sie eilen zu ihrem Wolkenkratzer, ihrem Aufzug, ihrer Etage, ihren Bildschirmen. «Je mehr Monitore du hast, desto wichtiger bist du. Im Moment hab ich vier, allmählich wird es ernst.» Er lässt sich auf seinem Bürostuhl mit Rollen nieder, öffnet den Eingangsordner seiner Mails, sortiert die Post, schaut zwei, drei Dinge nach, notiert in seinem Heft die Namen derer, die er heute anrufen muss, wirft seinem Nachbarn, der gerade die Überschriften in der Zeitung liest, einen Scherz hin, hört, wie das Gesumme lauter wird, die grauen Bienen machen sich an die Arbeit, das vor einer halben Stunde noch leere Großraumbüro hat sich gefüllt und entfaltet mit sirrenden Flügeln Energie, manche holen sich noch einen Kaffee, die meisten tippen schon, die schwarzen und orangen Monitore blinken rot und grün, die Hände bewegen sich rasch auf den Tastaturen, die Mäuse klicken, ein paar Telefone läuten, dann naht der heilige Moment, der Augenblick des Börsenstarts, jeden Morgen derselbe Adrenalinstoß, jeden Morgen ist er glücklich, jetzt geht es los, vier, drei, zwei, eins, peng peng, er hört die Pistolenschüsse, zum Angriff! Sein Herz schlägt schneller, er liebt seinen Beruf. Er greift zu seinem Telefon, die Zahlen rattern über die Anzeigetafeln, er stürzt los.

Ich war unterdessen wieder eingeschlafen, lag matt auf unseren Daunenkissen. In meinen Albträumen tauchte ich die Arme bis über die Ellbogen in tintenschwarzes Wasser und holte die zerlegten Gliedmaßen eines toten Säuglings heraus. Mühsam stand ich auf und ging spazieren, meist in den Park oder einfach so durch die Straßen, manchmal in Geschäfte, zu Harrods oder Fortnum & Mason. Ich wanderte ziellos durch die Museen, setzte mich in der National Gallery auf eine Bank und betrachtete lange stumm ein Porträt. Wenn ich aus dem Museum kam, war ich ganz benommen. Ich ging im Regen zu Fuß nach Hause, manchmal kam mir ein Satz in den Sinn, und ich schrieb ihn auf einen Zettel. Ich machte mir etwas zu essen, eine Konservendose, Kichererbsen in der Mikrowelle mit Butter, Salz und Tabasco, die ich abwesend aus einem Schälchen löffelte. Danach kochte ich mir einen Tee und legte mich aufs Sofa, die Tasse auf dem Brustbein balancierend, dazu ein Buch. Dann las ich stundenlang, bis mein verwirrter Geist mir gebot, schreiben zu gehen. Langsam wurde es Abend, ich goss mir einen Wodka mit Schweppes in ein leeres Bonne-Maman-Marmeladenglas, Stanislas benutzte sie als *tumbler.* Ich spüre an den Lippen noch den dicken Rand des Glases. Ich stellte meinen Laptop auf den Küchentisch und schrieb, bis er zurückkam. Wir hatten eine Zugehfrau, eine blonde Polin, die barfuß aufwischte. Ich sah ihr bei der Arbeit zu, ich dachte, dass ich dieses müßige Leben nicht verdiente, und hatte ein schlechtes Gewissen. Diese Polin musste in mir eine ausgehaltene Frau sehen.

Manchmal ging ich morgens auf den Markt und kaufte

leckere Kleinigkeiten ein, die den ganzen Tag schmurgelten und in der Wohnung dufteten, Kalbsfrikassee, Lammragout, sieben Stunden geschmorte Haxe, Filet Mignon mit getrockneten Pflaumen und Aprikosen. Eine Zeitlang versuchte ich mich in der Rolle der perfekten Hausfrau à la fünfziger Jahre, bereitete Stanislas ein Sandwich für die Mittagspause, Baguette, Cream Cheese, Räucherlachs, Kapern, Pesto, Rauke, Zitrone. Jeden Tag dasselbe. Lange hielt ich das nicht durch, höchstens einen Monat. Auch er hatte seine Marotten, seine Vorstellungen, wie die perfekte Liebe auszusehen hat. Anfangs brachte er jeden Abend eine andere Blume mit nach Hause, das ergab mit der Zeit einen buntscheckigen Strauß. Ich überraschte ihn gern, indem ich ihn an der Subway abholte. Ich wunderte mich immer aufs Neue, wie schnell er ging, mit gesenktem Kopf, die Hände in die Manteltaschen gestemmt, ein Aufziehsoldat. Aber wenn er mich sah, zog ein Lächeln über sein Gesicht, und er reckte den Rücken. Ich wusste, dass ich ihn glücklich machte. Dennoch war es der Anfang der Langeweile. Trotz all unserer Bemühungen, trotz Blumen und Haxen.

Bislang war das Schreiben für mich eine Notwendigkeit gewesen und eine Befreiung, ein Bedürfnis, das ich stillte, wann immer es ging, zwischen zwei anderen Aufgaben. Ich hatte zwar darüber geklagt, nicht schreiben zu können, wann immer ich wollte, jetzt hatte ich keine anderen Pflichten und langweilte mich doch. Er ging früh los und kam spät nach Hause. Seine Tage waren ebenso anstrengend wie meine leer. Ein schlechter Tag für das Schreiben, und deren gab es viele, war ein verlorener Tag.

«Komm, Prinzessin, heute Abend gehen wir aus, wir besuchen ein paar Freunde!»

«Schon wieder?»

Ich hatte es satt, den ganzen Tag über allein zu sein, und dann wollte ich abends Stanislas für mich und nicht noch ausgehen. Seine Mutter, eine Frau von gesundem Menschenverstand, hatte gesagt, es sei nicht gesund, so ganz für sich und zurückgezogen zu leben. Sie hatte recht. Ich war allein, hatte hier weder Familie noch Freunde. Die wenigen Leute, die ich in London kannte, hatten weder vormittags um zehn Zeit, ins Museum zu gehen, noch nachmittags um vier zum Teetrinken. Ich schrieb, ich las.

Stanislas fragt mich immer, woher ich bloß so viel wissen konnte. Ich erzählte ihm den Inhalt von Hunderten Büchern. Für mich war es die Zeit der historischen Romane. Er liebte es, wenn ich ihm die Abenteuer von Philipp dem Schönen und Margarete von Valois schilderte. Es war wie ein ungeschriebener Vertrag zwischen uns, er bezahlte dafür, dass ich mein Leben mit Lektüre verbringen konnte, und ich vermittelte ihm deren Quintessenz. Ich war sein Geschichtenerzähler, sein Hofnarr, der Spaßmacher und Barde, seine Gesellschaftsdame, ich war Hure und Privatlehrerin in einem: eine gute erzählte Geschichte bei Tisch, etwas Allgemeinbildung zum Dessert und im Bett dann Liebe. Dafür genoss ich ein unbeschwertes Leben, ich schrieb und las, ging im Park spazieren und zählte die Narzissen. Ich konnte alles haben, er hatte mir seine Kreditkarte gegeben. Ich nutzte es nicht aus.

Zu meiner Mutter ist er sehr freundlich. Als sie uns in London besucht, geht er mit uns in die Oper. Er hat nie jene Prophezeiung vergessen, die sie eines Winterabends auf einem Sofa ausgesprochen hatte, er denkt, sie sei auf seiner Seite, sie gehörten zum selben Team.

Er ist freundlich, aber er ist nie da. Und er ist immer nur müde. Er arbeitet derart viel, dass er sein bisschen Ruhe genießen möchte, jetzt, da wir uns in der Wohnung eingerichtet haben, die ich mir gewünscht hatte, wir wissen, dass wir einander lieben, alles ist gut; wenn ich will, dass er weiterhin Erfolg hat, muss ich ihn bis spätabends arbeiten lassen und nicht ständig anrufen, wann er denn nach Hause komme. Die Wochenenden sind zu kurz. Erstens sagt er, er muss für die nächste Woche zu Kräften kommen, außerdem kann man nicht ewig dreimal pro Tag miteinander schlafen. Er hätte gern seine Ruhe, und das kenne ich nicht. Die ersten Auseinandersetzungen sind fürchterlich, ich knalle Türen zu, wenn das so ist, dann gehe ich nach Paris zurück, ich drohe ihm. Wir versöhnen uns tobend, endlich fühle ich mich besser, geliebt. Lieber Drama als Ödnis. Er sagt, ich ginge ihm auf die Nerven, ich erwidere, mit mir langweile man sich wenigstens nicht. Doch ich selbst langweile mich.

# 16

Der Bonus ist fällig. Das Leben mit dem Bonus, das ist mal was. Ich esse mit der Frau eines von Stanislas' Kollegen im Wintergarten eines Pubs zu Mittag. Es ist Februar, für die Bankerfrauen ist das der schlimmste Monat. Sie vertraut mir an, dass ihrer nachts kaum mehr schlafen kann, er zuckt im Schlaf, sie hört ihn mit den Zähnen knirschen.

«Echt, das macht die Jungs völlig wahnsinnig!»

Sie fragt mich, wie Stanislas es nimmt. Ich kann nicht klagen. Es gibt ein paar Anzeichen, an denen man seine Furcht erkennt, er könne zu viel erhofft haben und die Belohnung könnte nicht seiner aufopfernden Arbeit entsprechen, aber er ist eben der Typ, der nichts zu erkennen gibt. Seine Nervosität ist fast nicht zu bemerken. Er nimmt die Wartezeit mit Geduld hin. Am Tag der Verkündigung werden sie einer nach dem anderen ins Büro des Chefs gerufen, und man sagt ihnen, wie viel es ist. Wenn sie herauskommen, beherrschen sie sich, die einen verbergen ihre Freude, wer sich zu kurz gekommen fühlt, verhehlt seine Enttäuschung. Keiner verrät seine Zahl, wer es doch tut, spinnt entweder, oder er lügt. Es folgt das reinste Gepokere. «Und, wie ist's?» – «Ganz gut.» Jeder Blick, jeder Tonfall wird registriert, auseinandergenommen, weitergetratscht, entstellt und auf dem *floor* diskutiert.

Auch die Frauen haben ihre Rolle zu spielen. Mancher

Gatte setzt falsche Zahlen in die Welt, damit sie sie dann herumerzählen. Beim Spiel des «Und, wie viel hat deiner bekommen?» können sie lügen, sie können Verrat üben, der Frau von Arthur eine vertrauliche Information geben mit dem einzigen Ziel, dass die sie dann der Frau von Victor verrät. Ein komplexer Tanz. Stanislas setzte auf größte Diskretion, umso mehr, als sein Bonus immer himmelhoch war. Er verließ sich darauf, dass ich die Summe verbreitete, was ich mit der größten Unschuld tat. Ich ließ den Verhaltenskodex der Ehefrauen und Freundinnen aus dem Pariser Bürgermilieu fallen, die bei Tisch nie über Geld reden würden. Ihr Londoner Leben hatte sie nicht dazu gebracht, ungezwungener über das Thema zu reden, und ich löckte mit Lust wider den Stachel. Stanislas galt als der wohlerzogene Mann, der er ja auch war, und ich für die an Geld nicht weiter interessierte Künstlerin, darum erlaubte ich mir, völlig frei darüber zu reden. Umgeben von Tänzern, die ein Menuett mit abgezirkelten Figuren vollführten, hüpfte ich fröhlich mein Himmel-und-Hölle-Spiel. Die anderen waren entsetzt. Aber die Zahl sprach sich immer herum, und darum ging es.

Sobald die Aufregung vor der Verkündigung der Boni abgeklungen war, musste man noch warten, dass das Geld auf dem Konto einging. Dann trafen sich die Junggesellen beim Porsche-Händler, die verheirateten Männer eilten zu Van Cleef and Arpels. Der März war der beste Monat im Jahreslauf der Bankerfrauen, der Monat der Geschenke.

Ich sitze in dem auf Luxusreisen spezialisierten Reisebüro.

«Ruf mich an, wenn du dort bist, ich will mir dir zusammen abchecken, dass auch nichts vergessen wird.»

Stanislas muss immer alles abchecken. Seine autoritäre und überverantwortliche Seite treibt ihn an den Rand der Paranoia. Die junge Frau hinter dem Tresen reicht mir den Umschlag mit unseren Flugtickets und den Reiseinfos.

«Hier unterschreiben bitte.»

Ich antworte, ich müsse erst noch einen Anruf machen. Sie wartet. Stanislas nimmt ab. «Bist du dort?» – «Ja.» – «Ist alles in Ordnung? Hast du auch alles nachgeprüft?» – «Ja.» – «Haben wir unsere Pässe wieder?» – «Ja.» – «Kannst du mal diskret am Umschlag riechen?» – «Wie?» – «Ich möchte, dass du dir den Umschlag an die Nase hältst und daran schnupperst.» Mir fällt das Anthrax ein, manchmal hat er die verrücktesten Marotten. «Und?» – «Nichts.» – «Er riecht nach nichts?» Ich halte mir den Umschlag noch einmal vor die Nase und schnuppere intensiv daran. Die Angestellte blickt mich entgeistert an. «Nein, er riecht nach absolut nichts.» Nach einer Pause höre ich ihn glucksen. «Na klar doch, Liebes, er riecht nach Fe-ri-en!»

Er hatte das Reiseziel bestimmt. Wahrscheinlich ein alter Traum. Auf die Malediven, eine hübsche Tussi am Arm. Bei Harrods hatte er mir unbedingt einen großen Sonnenhut kaufen wollen und einen weißen Bikini von La Perla. Das reinste Wunder. Als ich aus der Anprobierkabine kam, wurde er rot. Er hatte das teuerste Hotel auf der schönsten Insel ausgesucht, mit dem weißesten Sand und den am tiefsten geneigten Kokospalmen. Auf dem Flug behielt ich meinen neuen Bikini im Handgepäck, falls unsere Koffer verlorengehen sollten. Wir tranken Unmengen Champagner. Ich schmiegte mich in seine Arme, endlich hatten wir seine Arbeit und das graue Londoner Wetter hinter uns gelassen. Wir waren zusammen, wir waren verliebt.

Inmitten dieser bonbonhellblauen Szenerie stand unsere Pfahlhütte, sechs Fenster mit Meerblick, in der Abenddämmerung wurde der Horizont mit allen Schattierungen von Rosa und Blutrot erfüllt. Die Malediven – nackt sein, eines seiner Hemden überziehen gegen den Sonnenbrand, der Duft des Sonnenöls, sauer-fruchtige Cocktails, vielfarbige Fische, das warme Wasser, Taucherbrille und Schnorchel. Den Tag vertrödeln, frische Fruchtsäfte trinken, «Bitte setzen Sie es auf meine Rechnung», baden und in der Sonne trocknen, wieder ins Wasser gehen, miteinander schlafen. Sich abends füreinander schön machen, er mit einer Leinenhose, ich mit einem leichten Kleid. Wir gingen zum Abendessen, gegrillte Langusten mit Limettensaft, Reis im Bananenblatt, eiskalter Weißwein, tausend Dinge, die wir uns zu sagen hatten, mehr oder weniger romantische, Zigaretten unter Sternschnuppen, unsere *Cadavres Exquis*, ein letztes Glas, eine letzte Zigarette auf dem Ponton, dazu die Abendbrise, eine Jacke um die Schultern, seine Arme um mich herum, meinen Kopf an seinen Hals lehnen, seinen Dreitagebart spüren, mich von seiner tiefen Stimme umhüllen lassen, die mir von London erzählt, von den Bankern, den «Bären» von Bear Sterns, seinem Arbeitgeber. «Man muss das Leben genießen können, Liebes, und das können wir, wir beide haben ein Talent dafür.» Der Duft der grünen Tamarindenbäume, das Plätschern des Wassers, das sich silbern spiegelnde Mondlicht, der Sand, so weich unter unseren Füßen, wenn wir zu unserem Bungalow zurückgehen, Hand in Hand, schweigend, verliebt – noch.

# 17

Ein Foto aus unserem Sommer auf den griechischen Inseln. Er trägt rote Bermuda-Shorts und ein weißes Hemd, ich Jeans-Hot-Pants und ein bauchnabelfreies blaues T-Shirt. Er hat die Kamera auf ein paar Steine gestellt und den Selbstauslöser bedient – «Nicht bewegen!» –, hat sich dann rasch neben mir aufgebaut. Ich lege die Arme um seine Schultern und küsse ihn auf die Wange, er lächelt ins Objektiv. Wir sehen so jung aus und so glücklich. Auf die Rückseite des Fotos habe ich geschrieben *Love should always look like this.*

Das Meer scheint in den Himmel überzugehen. Wir fahren mit dem Moped hoch oben am Rand einer Klippe, ohne Helm. Eine großartige Aussicht. In London verwelke ich, hier atme ich auf, der Wind weht mir durchs Haar und füllt mir die Lunge. Stanislas hält an. Ich habe ihm ein Halstuch unter die Mütze gesteckt, damit er sich nicht den Nacken verbrennt. In meinen Ohren dröhnt es. In London bin ich voller Zweifel – ist er vielleicht doch nicht der Mann meines Lebens? Und wennschon, er ist ja sowieso nie da. In London liege ich da, schaue an die Decke und warte auf die Inspiration. Dabei habe ich doch davon geträumt, dass mir jemand das Leben finanziert. Wie lange werde ich so noch leben können? Mit einem Kind wäre das anders, denke ich manchmal, aber dafür bin ich zu jung. Man sollte auch keine Kinder kriegen, nur weil man sich langweilt. Wir wandern durch die Gassen kleiner, makellos weißer Dörfer. Er will ein Foto von mir machen, ich bücke mich, um die Kätzchen zu streicheln, die um meine Knöchel streifen. Ihr Miauen rührt mich, sie wollen Milch, eine Mutter. Stanislas mahnt mich, sie bloß nicht anzufassen. «Katzen haben alle möglichen Krankheiten.»

Stanislas' Eltern machen auf Patmos Urlaub, wir verbringen ein paar Tage mit ihnen. Wir sind nach Griechenland gereist, damit ich sie kennenlernen kann. Ein Bilderbuchpaar, nach dreißig Jahren Ehe immer noch verliebt. Sein Vater ist rührend um seine Frau bemüht. Die Mutter ist schwer katholisch, sehr fromm, sehr fein. Sie mustert mich, ich bezweifle, dass sie mich besonders gut leiden mag. Sie spürt die Gefahr, die ich für ihren Sohn bedeute. Dabei verstehen wir uns gut, ich spiele eine Schwiegertochter wie aus dem Bilderbuch. Sie sind wirklich liebenswert. Ihre beiden Söhne sind ihre Augensterne. Stanislas, der Jüngere, der Hübschere, ist die perfekte Verkörperung des Ödipus. Er will seinem Vater vorführen, dass er Erfolg hat und mehr verdient als er. Der Vatermord in der Stanislas-Variante wird über das Geld verübt. Und Stanislas liebt seine Mutter über alles, sie ist das Muster einer vollkommenen Frau, interessanterweise ähnele ich ihr überhaupt nicht. Durch das Beisein seiner Eltern lerne ich eine neue Seite an ihm kennen, etwas weniger Protziges, eher Bürgerliches. Ein lieber kleiner Junge, der seinen Eltern gefallen möchte. Irgendwie ist er entspannter als in London, er hat die Maske des Verführers gegen die des Mustergatten eingetauscht. Ich ertappe mich bei Träumen, er könnte mich vielleicht doch wirklich glücklich machen. Er ist mit der Vorstellung aufgewachsen, dass ein Mann seine Frau auf ein Podest stellen muss, er ist grundgut, er ist fleißig, warum sollte mich so ein Leben nicht reizen? Aber unweigerlich vergeht die Leidenschaft unserer Anfänge, trotz der Krisen, die ich provoziere. Stanislas sucht etwas anderes, ich glaube allmählich zu verstehen, was in seinem Kopf vorgeht. Zunächst war ich eine Inkarnation der Femme fatale, doch mittlerweile fragt er sich, ob Camille nicht doch endlich die Richtige sein könnte. Weder eine Carmen noch eine Phantasie, noch eine Prinzessin, nur einfach seine Frau. Er würde sie lieben und auf Händen tragen. Sie ihrerseits würde ihm zwei Söhne schenken, die sie gemeinsam behüten und lieben würden. Und Stanislas betrachtet mich oben auf dieser Klippe vor dem meeresblauen Hintergrund. Er weiß die Antwort nicht, jetzt leben wir seit zwei Jahren zusammen, allmählich ist eine Entscheidung fällig, ein Sprung ins Leere, das größte Wagnis seines Lebens. Die Karten sind nicht gut, das weiß er. Er hätte so gern endlich die seltene Perle gefunden, Jungfrau und Hure in einem.

Er bringt das Moped zum Stehen. «Komm, wir machen ein Foto.» Zu ihren Füßen stürzen die Felsen in blendend blaues Wasser hinab. Sie sind jung, jede Hoffnung ist erlaubt. «Stell dich dahin! Noch etwas nach rechts … Nicht bewegen!» Er hat die Kamera auf drei Steine gestellt und den Auslöser gedrückt, eilt zu mir. Er umfasst meine Taille. Ich lege ihm den Arm um den Hals. Ein Kuss. Klick. Er lächelt. Wir haben das Leben vor uns. Hinter uns ist das ganze Universum blau. Das Meer scheint in den Himmel überzugehen. In diesem Moment wissen wir nicht, was aus uns werden wird. Ob wir für den Rest unseres Lebens zusammenbleiben oder nicht. Noch ist alles möglich, ein bauchnabelfreies T-Shirt, ein Lächeln, klick.

## *18*

Wir sind in Indien, neun Monate später, es hat wieder einen Bonus gegeben, die Lage hat sich verschlimmert. Schleichend. Wider seinen Willen, wider meinen. Ein paar Monate zuvor hat ihn eine böse Erkältung erwischt, und ich rastete aus, warf ihm vor, er habe bis Freitagabend damit gewartet, um uns unser Wochenende zu versauen. «Liebes, mir geht es wirklich nicht gut», er nahm eine doppelte Dosis Vitamin C, dazu tonnenweise Paracetamol und ging vor Fieber zitternd ins Bett. Am nächsten Tag war es noch nicht besser, aber ich benahm mich abscheulich. Er hätte es so genossen, wenn ich ihn umsorgt, ihm Suppe gebracht und die Kissen in seinem Rücken aufgeschüttelt hätte. Stattdessen sagte ich: «Ich kann Kranke nicht ausstehen!», und warf die Tür hinter mir zu. Ich stelle mir die Stille vor, die daraufhin in der leeren Wohnung herrschte. Stanislas in seinem verschwitzten Bett. Vielleicht wurde ihm in dem Moment klar, dass ich ihn nicht mehr liebte.

Dabei war es eigentlich ein Liebesbeweis, dass ich die Kraft aufbrachte, die Tür zuzuwerfen. London lähmte mich. Stanislas arbeitete immer mehr, kam abends völlig erledigt nach Hause, wir schliefen nur noch ein-, zweimal pro Woche miteinander, und auch das ohne große Überzeugung. Der Winter war kalt und feucht gewesen, für meinen neuen Roman hielt ich mich immer öfter und immer länger in

Paris auf. Manchmal kam Stanislas für das Wochenende hinterher. Wir aßen mit meinen Freunden zu Abend. Ich ertappte mich dabei, dass ich mich für ihn schämte. Er erteilte meinen Theaterfreunden, die von staatlichen Überbrückungsgeldern zwischen zwei Engagements lebten, moralische Lektionen. Sie wiederum griffen ihn wegen seines «Monstergehalts» an. Das hätten sie besser nicht getan, auf das Thema sprang er sofort an und wurde gelegentlich richtig aggressiv. Bei einem Arty-fashion-chic-Diner sprach ihn ein gutmenschiger Bobo darauf an, und er entgegnete wie aus der Pistole geschossen: «Die Finanzwelt generiert gewaltige Steuereinnahmen, aus denen Schulen und Krankenhäuser finanziert werden, und auch der ermäßigte Eintritt zu deinen ach so kostbaren Museen und sonst was, wovon du profitierst. Bevor du mich hier anmachst, solltest du erst mal nachdenken, ob du auch nur im Entferntesten so viel zum Funktionieren des Systems beiträgst wie ich.» Er prostete ihm mit einem Raubtiergrinsen zu: «Also geh mir nicht auf die Eier!»

Ich kaufte Fellinis *Satyricon*, er sah sich das fünf Minuten lang an, dann stand er auf. «Was soll ich mit diesen ganzen Transen? Ich geh ins Bett.» Das war der Anfang vom Ende der Liebe. Hatte er nicht auch ein bisschen zugenommen? Zum Geburtstag schenkt er mir einen roten Lancel-Koffer, und ich breche angesichts des Symbolgehalts in Tränen aus. «Ich dachte, für deine Fahrten mit dem Eurostar …» Er weiß, dass mir Paris fehlt, hofft aber immer noch, ich könnte mich an London gewöhnen. «Ich geh nie wieder nach Frankreich zurück, Liebster.» Und ich weine. Er nimmt meine Hand, schaut mir tief in die Augen. «Bist du denn glücklich mit mir? Wie kann ich dich glücklich machen? Sag einfach, ich tue alles, was du willst.» – «Ich will weit weg fahren.»

Wir sind in Indien, er hat es wahr gemacht.

Fern von London, fern von Paris werden wir wieder zu Verliebten. In Fort Kochi, in Kottayam und Kumarakom, in Madurai und Mumbai, in Rikschas und Tempeln, auf Teeplantagen. Er schenkt mir bunte Armbänder und rosa, grüne, goldene Saris. Unter einem weißen Himmel gleiten wir in einem Weidenboot, in dem wir auch übernachten werden, über Flächen aus lauter Seerosen. Wir legen uns unter den Sternen zum Schlafen, ich lese ihm aus dem *Mahabharata* vor, das ich im Gepäck dabeihabe, die Berichte von den blutigen Schlachten zwischen den Kauravas und den Pandavas um den Thron der Mond-Dynastie. Krishna bevölkert unsere Träume mit roten Schlangen und grünen Elefanten. Wir essen zu allen Mahlzeiten Kokosnuss und Currys. Die feuchte Hitze lastet schwer auf uns, wir halten engumschlungen Mittagsschlaf. Als ich mich in einen orangen Sari hülle, sagt Stanislas mit funkelnden Augen, ich würde der Prinzessin aus dem Buch ähneln. Wir besuchen eine Vorstellung mit traditionellen Tänzen zu Tamtam- und Zimbelklängen. Alles ist so anders, die Hörner der Kühe sind bemalt, manche sogar gestreift. Wir wandern den Strand entlang und beobachten die Fischer, die ihre Netze mit Flaschenzügen einholen. Stanislas erklärt mir die physikalische Trägheitskraft, ich stelle mir vor, wir säßen wie

Robinson auf einer einsamen Insel. Die Zeit hält inne, dieses Land bezaubert mich. Stanislas ist entspannt, unendlich zärtlich, nimmt mich tagsüber immer wieder in die Arme, legt den Kopf an meine Brust und sagt, dass er mich liebt. Zum ersten Mal erkenne ich, dass er verletzlich ist. Er bekommt eine schöne Farbe, auf seinen Wangen erscheinen Sommersprossen. Schon müssen wir wieder nach Hause zurückfliegen. In Kerala verlange ich ihm den Schwur ab, dass wir nach Indien zurückkehren werden. Er schwört. «Vertrau mir, Liebes, wir kommen wieder.»

Die roten Ziegelsteine der Brick Lane machen mich niedergeschlagen. Der ganze Hyde Park ist voller Osterglocken, ich wandere stundenlang durch die Stadt, auf der Suche nach dem Thema meines nächsten Romans. Ich bekomme die Grundzüge einer verworrenen Geschichte zusammen. Ein naiver junger Mann, der Kirchenkerzen ausfährt, verliebt sich unsterblich in eine Politesse und sammelt die Protokolle, die sie ausstellt. Nachts habe ich seltsame Träume, in denen mein Ehemann nach mir sucht und mich halbtot schlägt. Ich langweile mich. Wenn Stanislas mich nur fragen würde, ob ich ihn heiraten will, wäre alles gut. Wenn ich an Juwelierläden vorbeikomme, sehe ich mir lange die Ringe an. Am liebsten habe ich die mit dicken rechteckigen Diamanten. Eines Nachmittags greife ich zum Telefon und wähle Stanislas' Nummer. «Ich möchte etwas mit dir besprechen.» Er fragt, ob es bis abends warten kann. «Ja.» Ich lege auf und warte, die Hände flach auf den Knien. Ich weiß nicht, was ich ihm sagen werde. So kann es nicht weitergehen. Es hängt ganz von ihm ab. Was will er? Wohin gehen wir? Ich habe keine Angst, mich zu binden. Ich brauche Taten, ein Ziel, irgendwas, ihn für immer verlassen oder für immer bei ihm bleiben. Ich warte, den Blick starr auf die Wand gerichtet. Morgen früh wird schon alles anders sein. Er kommt früher als sonst, hält eine Flasche Champagner hoch.

«Heute Nachmittag am Telefon hast du einen Zauberspruch gesagt, da dachte ich, wer weiß, vielleicht haben wir etwas zu feiern.»

Seine persönliche Art, sich der Gefahr zu stellen. Er setzt sich aufs Sofa und nimmt sanft meine Hand. Ich spüre, wie meine Entschlossenheit schwindet.

«Du hast gesagt, du möchtest etwas besprechen, aber ich will dich erst etwas fragen: Hast du einen anderen?»

Ungläubig starre ich ihn an.

«Nein, natürlich nicht.»

Er springt auf und lässt den Champagnerkorken knallen.

«Ah, ich hab mir schon Sorgen gemacht. Gut! Dann können wir jetzt zum gemütlichen Teil übergehen, *princess.*»

Ich bin ein Chamäleon, ich habe keinerlei Persönlichkeit, ich kann keine Entscheidungen treffen. Er will fröhlich sein, ich folge ihm in allem. Ich weiß nicht mehr, was ich ihm sagen wollte. Er ist in der Küche verschwunden. Als er zurückkommt, hat er ein Sieb auf dem Kopf, am Gürtel hängen ihm eine Suppenkelle und eine Teigrolle, und mit einem Holzlöffel schlägt er auf einen Topfboden ein, kling klang klong. Ich erstarre. Er singt laut «Ich bin Käpten Küche!», kling, «Ich bin Käpten Krachmacher!», klang,

«Prinzessin, willst du mit mir kommen? Pack schnell deinen Koffer, wir fahren weg!», klang klong. Ich sitze wie festgenagelt auf dem Sofa. «Wir fahren weg? Wohin denn?» «*Princess, princess, trust your captain!*», klang, «Du wirst schon sehen, jetzt beeil dich!»

Eine Autostunde von London entfernt sind das Meer und Strände voller Kieselsteine, Seebrücken auf schmiedeeisernen Pfosten ragen über das graue Wasser hinaus, die Möwen schreien. Wegfahren – dass das mit mir immer funktioniert, weiß er zur Genüge, dabei können wir nicht immer und ewig nur wegfahren, aber ich gebe nach, packe ein paar Sachen in eine Reisetasche, Zahnbürste, Unterhose und mein Tagebuch. Stanislas redet während der Fahrt ununterbrochen. Er spielt den Verrückten, den Weisen, den Lotsen. Unterwegs trinken wir den Champagner aus. Als wir ankommen, ist es dunkel. Wir finden eine dieser typischen Pensionen mit altem rosa Teppichboden und geblümten Vorhängen. Stanislas lässt mich nicht schlafen, er erzählt Geschichten, wir lachen über meine Traurigkeit. Er ist der unerschöpfliche Käpten Küche.

Frühmorgens gingen wir über einen Strand voll rosafarbener Kieselsteine und betrachteten den Sonnenaufgang. Angezogen wateten wir ins Meer hinaus. Er hielt mich an der Hand. Und ich verließ ihn nicht.

# 19

Ich höre Maurice Chevalier, «Paris je t'aime». Ich finde mich schön, wenn ich weine, ich denke an die Marquise de Merteuil, die über die kleine Cécile de Volanges schreibt: «Sie glauben gar nicht, wie viel schöner der Schmerz sie macht. Ich schwöre Ihnen, falls sie mal richtig kokett wird, dann wird sie oft weinen.» Ich will zurück nach Paris. Ich habe London so über. Stanislas ist schon wieder befördert worden, er ist der jüngste Manager der fünftgrößten Wall-Street-Bank. Kein Mensch hat mit dreißig den Titel Manager, er schon. Mittlerweile hat er fünf Monitore. Der oberste Häuptling hält große Stücke auf ihn, er kann verlangen, was er will.

Wir stehen an der Place de l'Opéra. Stanislas hat eine große Neuigkeit zu berichten. Er deutet auf ein Gebäude an einer der Ecken des Platzes.

«Siehst du die alleroberste Etage da, über der Leuchtreklame?»

«Ja.»

«Das ist der Sitz von Bears Sterns France. Ich habe das aufgebaut, für dich, damit wir auf längere Sicht wieder in Frankreich leben können.»

Mein Herz macht einen Satz. Das ist das schönste Geschenk, das es für mich geben kann. Um mir dieses Geschenk zu machen, hat er in der letzten Zeit derart geackert, dass unsere Beziehung zerbröselt ist. Das war also sein Geheimnis? Diese Filiale in Frankreich bedeutet für ihn ein großes Wagnis. Er weiß nicht, ob er das wird schultern können. Er soll die Filiale leiten; anfangs noch von London aus, mit viel Hin- und Herreisen, aber irgendwann kann ich dann nach Paris ziehen, er braucht in London nur noch eine Zweitwohnung, und …

«Und dann spielt sich unser Leben in Paris ab, wie findest du das?»

«Das hätte ich nie zu hoffen gewagt.»

«Komm, wir gehen essen, das müssen wir feiern.»

Hand in Hand gehen wir die Rue de la Paix hinunter und gelangen auf die Place Vendôme. Einer von Stanislas' Trader-Freunden hat eine Stripperin geheiratet. Für seinen Antrag hatte er eine Suite im Ritz gemietet, hier an der Place Vendôme. Die junge Frau erzählte mir später, es sei «ein Märchen» gewesen. Sie war Ukrainerin und sehr schön, aber Stanislas und seine Kollegen meinten, man könne einen Mann nicht respektieren, wenn der gesamte *floor* seiner Frau schon zwischen die Beine geschaut habe. Ich frage mich schon, wie Stanislas es angehen wird, wahrscheinlich mit einem Knie am Boden und dem dicksten Klunker, den er finden konnte; aber nicht im Ritz. Er findet sicher etwas Schräges, Spektakuläres. Alles zu seiner Zeit. Erst die Bedingungen für das Glück organisieren, danach loslegen. Wir gehen auf der Rue de Castiglione weiter, biegen dann nach links unter die Arkaden der Rue de Rivoli ein. Weiter hinten erleuchten die Fenster des Louvre das Dunkel. Es ist Frühling, das Restaurant heißt Le Saut-du-Loup. Ich erinnere mich an alle Details dieses Abends, an die frische Luft, an seinen dunkelblauen Anzug und das weiße Hemd. Wir essen im Wintergarten.

Also gut, ein Büro in Paris. Und wie weiter? Irgendwelche Versprechungen? Ferne Pläne?

Unvermittelt setzt Stanislas zu einer halsbrecherischen Metaphorik an.

«Weißt du, wenn zwei Unternehmen fusionieren, dann gibt es zwei Möglichkeiten. Fusion durch Übernahme oder durch Verschmelzung. Im ersten Fall schluckt das eine das andere, im zweiten tun sie sich zusammen, um gleichberechtigt etwas Neues hervorzubringen. Wir beide wären eher ein Beispiel für ein Kaufangebot zur Übernahme, verstehst du? Ein schönes Unternehmen mit jeder Menge Cash, in diesem Fall ich, kauft ein kleines schnuckeliges, also dich.»

Ich verstehe nicht ganz, worauf er hinauswill, ob er sich lustig macht oder es ernst meint, und sei es auch nur für einen Augenblick. Aber Stanislas ist noch lange nicht fertig, er redet über Integration, Kosten, Gewinn, Umsatzrendite und Betriebskapital. Je weiter er mit seinem Vortrag kommt, desto vergnügter ist er, und desto ernstgemeinter klingt es.

«Und wo bleibt die Liebe in dem Ganzen?»

«Ja, ja, die Liebe, wenn du unbedingt willst. Ich versuche dir klarzumachen, dass mir Engagement lieber ist als Verbindung. Gatten sind nicht verbunden, sie sind engagiert. Wenn sie außerdem noch verbunden sind, umso besser, das ist ein Bonus.»

«Und wozu soll das Ganze gut sein?»

«Damit die Aktionäre zufrieden sind – die Kinder natürlich!»

«Natürlich.»

«Die Eltern sind die Geschäftsführer der Gesellschaft. Die Kinder nehmen an den ordentlichen Aktionärsversammlungen teil, den Essen, und wohnen den von den Eltern organisierten Vorstandssitzungen bei, den Familienfesten. Im Fall, dass ein Dissens zwischen den Eltern besteht, entlassen sie per Abstimmung den weniger effektiven Part oder trennen sich vom weniger performativen Unternehmensteil. Das nennt man *spin off*, Liebes.»

Er lacht selbst darüber, wie brillant seine Vergleiche daherkommen; ich bin erschüttert, aber lache auch. Mir ist, als würde ich wachträumen.

«Verstehst du, *princess*, ich bin ein Bauer und suche eine Frau. Die Ehe ist eine Partnerschaft.»

Adieu, Prinz auf Knien, Ring und Glücksschwein. Der schöne Abend ist mir verdorben. Ich weiß nicht mehr, was ich denken soll. Er ist derjenige, der weiß, was er vom Leben erwartet, der aber genau gegenteilig handelt.

«Was willst du? Mich verlassen oder mich verändern? Entscheide dich!»

«Ich liebe dich so, wie du bist.»

«Ja, aber so, wie wir sind, fahren wir die Sache vor die Wand, Liebes.»

«Ich weiß.»

Früher oder später werden wir uns trennen müssen. Aber die Nacht ist sanft, der Wein köstlich, und die Fenster des Louvre sind gelb vorm Himmel über den Bäumen der Tuilerien. Nichts eilt, wir hatten noch Träume zu teilen, überraschend genug.

# 20

Ich war ihm zwei Jahre zuvor schon einmal begegnet. Während einer Abendeinladung in Paris hatte ich meine Handtasche verlegt. Er hatte sich als der Cousin meiner Freundin Marie vorgestellt und mir angeboten, mich nach Hause zu bringen, was ich ausschlug, denn der junge Mann präsentierte zwar stolz zwei Motorradhelme, schwankte aber bedenklich. Manchmal hatte ich seither lächelnd an ihn denken müssen.

Jetzt hatte Marie mich im Sommer für ein paar Tage in die Charente eingeladen. Dass ihr Cousin dabei sein würde, wusste ich nicht. Als ich aus dem Wagen stieg, standen wir uns unvermittelt Auge in Auge gegenüber. Und erkannten einander. Wir redeten nur oberflächlich, aber in seinen dunklen Augen, in denen blaue Flammen tanzten, las ich, dass er sich früher oder später über mich hermachen würde. Den Nachmittag verbrachte ich am Pool auf einem Liegestuhl, von dem aus ich beobachtete, wie er ins Wasser sprang und wieder herausstieg. Der Körper eines griechischen Gottes. Durch meine Sonnenbrille verfolgte ich, wie die Tropfen über seine Bauchmuskeln rannen, bewunderte, wie geschmeidig er sich bewegte, die tierhafte Anmut, die von ihm ausging. Nach dem Abendessen gingen die Gäste nacheinander zu Bett, wir blieben im Garten. Ich begehrte ihn und wollte, dass er mich begehrte. Wir saßen unter dem

Sternenhimmel, plauderten und nippten an unserem Rosé. Es war mir, als würde er mich langsam und methodisch einkreisen, mit der unzähmbaren Entschlossenheit eines Hundes, der seine Beute nicht mehr aus den Augen lassen wird. Sein Begehren hatte etwas sehr Kindliches, Absolutes an sich. Hätte er in Worte gefasst, was ihn jetzt bewegte, ich glaube, er hätte mit dem Finger auf mich gezeigt und gerufen: «Das da gehört mir!» Ich ließ ihn machen. Irgendwann umarmte er mich, legte mich ins Gras, und wir liebten uns, ohne nachzudenken, mit rückhaltloser Hingabe. Dann nahm er mich in sein Zimmer mit und betrachtete mich im Mondschein. Seine Augen waren dunkler als je. Wir machten weiter, wie berauscht, noch sechsmal. Irgendwann, ich sah von der Seite seine Adlernase in der Dämmerung auf dem Kissen, sagte er: «Es ist schön, verliebt zu sein.» Mein Herz machte einen Satz vor Freude, aber es gelang mir, zynisch zu bleiben: «Denkst du, wir sind verliebt?» Er sah mich an: «Ich ja.» Pur wie ein Diamant. Frühmorgens schlich ich auf Zehenspitzen durch die Flure zu meinem Zimmer und schlüpfte ins Bett.

Am selben Tag nahmen wir Abschied voneinander. Er zitterte, war fast außer sich. Ich fragte ihn, ob wir uns wiedersehen würden.

«Verlass ihn und komm zu mir. Oder verschwinde. Ich werde nie nur dein Geliebter sein.»

Seine Entschlossenheit brachte mich zur Realität zurück, dazu, dass ich betrogen hatte, untreu geworden war. Reue verspürte ich jedoch keine. Beide Geschichten hatten nichts miteinander zu tun. Und ich stand wieder mit meinem üblichen Wankelmut da. Zwar hatte ich jetzt einen Grund, Stanislas zu verlassen, aber er schien mir nicht zu genügen. Das Problem blieb ungelöst.

Bevor ich nach London zurückkehrte, ging ich bei Stanislas' Eltern vorbei, um etwas für ihn abzuholen. Sein Vater bat mich, auf einem Sofa Platz zu nehmen. Er erklärte mir, jeder habe im Leben eine bestimmte Anzahl Ziegelsteine. «Weißt du, Camille, es nutzt nichts, hier und da kleine Haufen daraus zu machen. Eine Mauer muss man bauen!» Die Liebe zu bildhaften Vergleichen schien in der Familie zu liegen.

Völlig erledigt flog ich nach London zurück und träumte von Mörtel.

# *Zweiter Teil*

Caelum non animum mutant
Qui trans mare currunt.

Die weit übers Meer fahren,
ändern den Himmel über sich, nicht ihre Seele.

*Horaz*

# 21

Die Koffer stehen fertig gepackt im Flur. Morgen früh um kurz nach halb fünf bringt uns ein Wagen mit Fahrer zum Flughafen. Diese Reise ist seit langem geplant, ein *road trip* nach allen Regeln der Kunst. Wie im Film: Vertrocknete Landschaften, in denen Staub aufweht, wenn wir vorüberfahren, grüne Täler unter blauem Himmel, dann und wann graue Städte, in denen Wolkenkratzer glänzen wie aus Bakelit. Aufgekratzt hat Stanislas mir bekanntgegeben, dass wir nicht allein reisen. Er hat ein Navi bestellt, ein TomTom. Jetzt liest er fasziniert auf dem Sofa die Gebrauchsanleitung. Mich macht das wahnsinnig, ich sage, wenn er mir die Reise verderben will, dann ist das die beste Methode. Er antwortet, er wolle sich eben nicht verfahren. Ich rufe laut: «Sich verfahren ist doch erst das Abenteuer!» Aber er ist schon viel zu sehr in sein neues Spielzeug vernarrt, und ich weiß, ich habe nicht das Recht, irgendetwas von ihm zu verlangen. Meine Haut vibriert noch von den Liebkosungen des Mannes, der vor zwei Tagen siebenmal mit mir geschlafen hat. Ich rege mich erstaunlich schnell wieder ab. «Schon in Ordnung.» Ich gehe schlafen, habe aufgegeben, mein Kampf ist vergeblich, ich bin unendlich müde. Ich mag nicht mehr spielen, mag nicht mehr die Einzige sein, die weiß. Am liebsten würde ich fliehen. Desertieren, von Bord gehen, ohne weitere Erklärungen.

Ich tauche in den Schlaf, in die Betttücher aus ägyptischer Baumwolle gehüllt. Diese makellos weiße Anschaffung liegt so weit zurück. Ein kleines Vermögen. Vor zwei Jahren, als wir hier einzogen, konnte nichts teuer oder schön genug sein, um unser Bett zu schmücken. Das Herz ist mir schwer. Er kommt ins Schlafzimmer, zieht sich schweigend aus und nimmt mich in die Arme. «Liebes, sei mir nicht böse, das wird eine wunderbare Reise.» Er kuschelt den Kopf an meinen Hals, und wir schlafen ein.

Ich bin vor Müdigkeit wie vor den Kopf geschlagen. Es gibt eine Tasse Tee ohne Milch, denn ich habe den Kühlschrank rechtzeitig geleert, damit nichts verdirbt. Ich trinke den letzten Orangensaft. Ich liebe Aufbrüche. Die Wohnung habe ich so aufgeräumt, dass sie auch für eine schwierige Rückkehr geeignet ist. In knapp zwei Wochen, wenn wir zurückkommen, muss sie tadellos sauber und ordentlich sein, Geborgenheit ausstrahlen, denn vielleicht ist die Welt dann zusammengebrochen. Wenn dann ein jedes Ding an seinem Platz ist, ist das schon mal was.

Das Telefon. Der Wagen wartet unten im Londoner Nebel mit eingeschalteten Scheinwerfern. Stanislas trägt ein blaues Hemd, sein ewiges weißes T-Shirt darunter, dazu Jeans und Bootsschuhe. Um die Schultern hat er sich einen blau-weiß gestreiften Pulli geschlungen. Er setzt seine Ehre daran, schick angezogen zu sein, wenn er auf Reisen geht. Stanislas liebt Flughäfen, vor allem die Laufbänder. Sie versetzen seine Phantasie in Bewegung, fast berauschen sie ihn. Ich trage meine Langstreckenfrisur, Zöpfe und Mittelscheitel. Einen grauen Jogginganzug und meine alten Puma-Sneaker, die schon beinahe einmal um die Welt gereist sind.

Der Fahrer ist ein glatzköpfiger Ungar. Er hat schwere Akne, seine rote Haut glänzt fettig. Der Wagen riecht nach Fichtennadeln-Duftbaum, mir kommt fast der Tee hoch. Er will ein Gespräch anfangen, vergleicht die englische Fahrweise mit der ungarischen und klagt darüber, dass sein GPS nie die richtige Adresse findet. Ich ziehe eine Augenbraue hoch und sehe Stanislas an, der zu müde ist, um zu antworten. Ich schmiege mich an ihn; morgens, wenn man übernächtigt ist, ist alles sanft und schön, voller Zärtlichkeit. Ich lege den Kopf auf seinen Schoß. Durch die Fenster sehe ich aus der Froschperspektive die Londoner Außenbezirke vorüberziehen, die Reihenhäuser aus Backstein. Mit dem Gedanken, dass ich nicht für das Landleben geeignet wäre, schlafe ich tief und fest ein. Der Fahrer weckt uns türenknallend. Mit einer etwas enttäuschten Schnute lädt er unsere Koffer aus, vielleicht nimmt er uns übel, dass wir lieber geschlafen haben, als auf sein Gerede einzugehen. Restlos benommen von diesem Wiedereinschlafen kann ich mich kaum auf den Beinen halten, während wir das Gepäck aufgeben. Zu unserer großen Freude ist das Flugzeug halbleer. Ich falle auf eine Sitzreihe und schlafe ein.

Ich habe Flugangst, denke, ich bin ja verrückt, mich einem Piloten anzuvertrauen, den ich nicht mal kenne und der uns ganz sicher in Grund und Boden steuert, ich werde meine Mutter nie mehr wiedersehen und meine Schwester auch nicht, alles wird vorbei sein, mein Leben und meine Lieben.

Ich habe nicht mal meinen dritten Roman fertiggeschrieben. Ich bete zum lieben Gott, er möge mich retten, wenn wir in den eiskalten Atlantik stürzen. Allerlei Bilder stehen mir vor Augen, ich treibe im Wasser, in meinem Sicherheitsgurt hängend. Meine Zöpfe tanzen im Meer, ich habe die Augen offen und bin ganz grün. Dann wieder bin ich eine Heldin, kann mich aus Taschen und Koffern befreien, zerschlage ein Flugzeugfenster mit einem roten Nothämmerchen und schwimme wie eine Nixe zur Oberfläche an die Luft. Ich richte mich auf. Ein paar Reihen weiter liegt Stanislas und schläft mit offenem Mund. Wir sind noch nicht mal gestartet. Aus meiner Handtasche fische ich die kleine grüne Schachtel. Es geht mir nicht gut. Wenn ich jetzt noch zu wenig Schlaf bekomme, zusätzlich zu meiner Verwirrung, dann halte ich das nicht durch, dann kriege ich einen Nervenzusammenbruch, bevor wir am Hollywood Boulevard angelangt sind. Und das Mittel wirkt, ich falle in einen steinschweren, traumlosen Schlaf, schlafe ein, als wäre ich ganz und gar unschuldig.

Eine Stewardess tätschelt mir die Schulter und hält mir ein Tablett mit einer Mahlzeit hin; sie ist verschwommen, ihre Wangen sind rote Flecken, ihre Augen dunkle Löcher. Zu essen gibt es Hühnchen in einer grässlichen grünen Soße und papiertrockenen Salat. Ich lasse mir schlechten Tee mit Milchpulver durch die Kehle rinnen und schlafe wieder ein. Vor der Landung rüttelt Stanislas mich wach, ich muss ein Formular ausfüllen, mit dem ich bekunde, dass ich keine Terroristin bin, die mit Drogengeld amerikanische Kinder kidnappen will. Er mag es nicht, wenn ich Schlafmittel nehme, und geht beim Aussteigen ein Stück vor mir her, um mir seinen Ärger zu demonstrieren. Letzthin geht er oft vor mir her. Um seine Aufmerksamkeit zu gewinnen, vollführe ich in der Warteschlange vor der Passkontrolle ein paar kleine Entrechats und andere Tanzschritte. Er sieht mich entsetzt an. Die amerikanischen Grenzbeamten verstehen mit Witzbolden keinen Spaß. Er packt mich beim Arm: «Das reicht jetzt, Camille!» Immerhin habe ich ihm ein Lächeln entlocken können, ich bin zufrieden.

## 22

Wir sind mit seinem Kumpel Ted verabredet, einem blonden jungen Mann mit Zahnpasta-Reklame-Lächeln und properen Kleine-Jungen-Wangen, bevor er fünfzig ist, ist er fett. Sie kennen sich schon lange, aus einem Luxus-*summer camp*, in dem Kinder aus der ganzen Welt auf Englisch segeln lernten. Ted ist ein gutmütiger Ami. Letztes Jahr hat er eine Millionärin seines Alters geheiratet, die er in demselben Ferienlager kennengelernt hatte und seit den Zeiten seiner ersten Zahnspange liebt. Heute ist er ein fleißiger Besucher von Strip-Clubs, wo er ein bisschen träumen kann. Wir treffen ihn in seinem Büro mitten im Finanzdistrikt von Manhattan. Ted ist Broker.

Er lädt uns auf seiner Terrasse zu einer Bloody Mary mit vielen Gewürzen, Limettensaft und Worcestersoße ein. Alles ist *great, cool, fantastic, delicious.* Zu den Cocktails gibt es einen Teller mit panierten Riesengarnelen, *great, wonderful,* sie müssen genmanipuliert sein. Ich lasse ihn von Aktien, Hausse und Baisse und Optionen plaudern, hole mein blaues Heft heraus und notiere, dass es 15 Uhr ist. In genau dreizehn Tagen werden wir nach 4000 Meilen wieder in New York eintreffen. Siebzig Stunden im Wagen mit Stanislas und dem Scheiß-TomTom. Das muss ich hinter mich bringen, ich muss durchhalten. Lächeln, die Landschaft bewundern, weiterlächeln. Und dann eine Entscheidung treffen.

Wir brechen zu einem Spaziergang durch New York und seinen Fettgestank auf. Brummen der Klimaanlagen, hin und wieder kühle Luft aus den rot-weiß gestreiften Auslässen, die in regelmäßigen Abständen aus der Fahrbahn ragen. Zwei dicke schwarze Frauen essen in der Sonne Eis, ballettgleich synchron strecken sie ihre kleinen roten Zungen heraus. Wir gehen von der Wall Street den Broadway bis zur Canal Street hinauf. Ich möchte eine Videokamera kaufen und diese Reise filmen. Stanislas ist sofort Feuer und Flamme, schließlich gibt es dann Knöpfe, Kabel, einen Bildschirm und eine Gebrauchsanleitung, lauter Sachen, auf die er ganz wild ist. Wir nehmen ein paar Sekunden auf. Ich möchte alles festhalten, Bilder, Geschriebenes. Wie pervers. Alles Leiden, das mich erwartet, wird für mein großes Werk bewahrt. Ich habe alles dafür vorbereitet. Ich werde alles genau timen, aufnehmen, kopieren, speichern. Ich bin eine Manipulatorin und berechnend, und das bereitet mir nicht die geringsten Gewissensbisse. Ich nutze mein Leben, um Romane zu schreiben, das hat Stanislas immer gewusst. An diesem Nachmittag aber widere ich mich selbst an.

Wir gehen in ein Geschäft, Calvin-Klein-Boxershorts kaufen. Stanislas nimmt eine aus dem Karton, um sie zu betrachten. Die junge Verkäuferin will den geöffneten Karton zum Zahlen an die Kasse bringen. Stanislas lächelt gezwungen und verzieht gequält das Gesicht, ich schalte mich ein und erkläre der jungen Frau, mein Mann sei da empfindlich, eine – und sei es von ihm selbst – geöffnete Schachtel mag er nicht kaufen. Er möchte eine versiegelte, geschützte, keimfreie. Die Frau sieht uns an und nickt, aber in ihren Augen kann man lesen «Arme Irre». Stanislas drückt mir die Hand und flüstert mir ins Ohr: «Danke, das ist einer der Gründe, warum ich dich liebe.»

In dreizehn Tagen werde ich eine Entscheidung treffen müssen. Bis dahin ertrage ich geduldig seine sämtlichen Marotten und Neurosen. Ich kenne ihn, schließlich ist er mein Stanislas.

# 23

Dann fliegen wir weiter, New York war nur eine Zwischenstation. Wir schlafen. Ich wache vor der Landung auf und bewundere die Galaxie von grünen und roten Punkten, die im Dunkeln funkeln. Los Angeles, die Stadt der Engel, eine unendliche Abfolge von Straßen und Autobahnen, die, bis in die Unendlichkeit von Laternen punktiert, Drei- und Vierecke ausschneiden. Stanislas schaut aus dem Fenster und erklärt mir, dass es am Ende beider Flügel je ein anderes Licht geben muss, eines weiß, das andere rot, und der Pilot muss dann immer schön zwischen beiden einherfliegen. Ich nicke. Er sieht mich mit dem lausbübischen Lächeln an, das ich so liebe: «Das war ein Witz, hast du das nicht verstanden?» Nein, Stanislas' Witze hab ich nie verstanden. Je tiefer das Flugzeug sinkt, desto maßloser erscheint die Stadt. Ihm zu gefallen mache ich auf naiv und tue so, als hätte ich den Streit vom Vorabend vergessen, ich sage, es dürfe schwierig werden, in diesem Straßengewirr unser Hotel zu finden. Er zückt den kleinen Apparat: «Siehst du, darum habe ich das Navi gekauft!» Männern kann man ja so leicht was vormachen. Es ist 23.30 Uhr Ortszeit. Auf unserer ganzen Reise wird es immer nur die Ortszeit geben, in vier verschiedenen Zeitzonen. Wir werden nach Osten fahren, mit der Erddrehung. Wenn wir uns entsprechend beeilten, könnten wir ankommen, bevor wir überhaupt abgefahren sind. Beim Aussteigen umfängt uns tropische Wärme, das tut gut, und ich verfluche die Klimaanlage, unter der ich in dem Bus, der uns zum Hertz-Büro bringt, bis auf die Knochen friere. Ich würde mir gern die Zähne putzen.

Das Auto. Die unentbehrliche Maschine, die uns die gesamte Reise über transportieren wird. Stanislas will ein riesiges amerikanisches Cabrio. Ganz großes Kino, einen Ford Mustang. Schon vor Monaten reserviert. Schwarz, mit zwei weißen Streifen auf der Motorhaube.

Wir haben in einem Hotel in Santa Monica gebucht. Von der ganzen Reise erinnere ich mich nur an dieses so genau. Die graue Lobby, der Kronleuchter aus schwarzem Baccarat-Glas, die weißen Porzellanteller an den Wänden, die riesigen Sitzbänke, lila Samt, mit ihren gepolsterten Rückenlehnen. Ich schreibe «Wunderbar» in mein Notizbuch. Wenn ich an diese Reise zurückdenke, sehe ich als erstes Bild nicht das Rot des Grand Canyon vor mir und auch nicht die Neonlichter von Las Vegas, sondern eine anthrazitfarbene Lobby und jenes erste Frühstück, ein Müsli mit Joghurt in einem gigantisch großen Cocktailglas, großzügig mit Trockenfrüchten bestreut. Ich erinnere mich an das Zimmer, zwei einzelne Betten, jedes davon so groß, dass wir zu zweit in einem schliefen. Ich erinnere mich an meine Tränen beim Aufwachen. Als ich die Augen aufschlug, weinte ich schon. Erst begriff ich gar nicht, was los war. Dann trocknete ich mir rasch die Augen am Kissen, damit Stanislas nichts bemerkte. Mir war unendlich traurig zumute, als hätte mein schlechtes Gewissen mich im Schlaf eingeholt und würde mir jetzt zusetzen, als würde es sagen: «Du entkommst mir nicht; auch wenn du ans andere Ende der Welt fliegst, ich bin schon da.»

Angesichts der blassweißen Pampe – das Müsli sah aus wie gezuckerter Gips –, die von Sonnenblumensamen, Stückchen von getrockneten Aprikosen und Mango und Rosinen überbordete, all das klumpig zusammengeballt, wird mir etwas übel. Ich schiebe es weg und sage zu Stanislas, ich müsse arbeiten. Er sucht Hilfe in der Ironie und tut so, als würde er nicht verstehen. Das ganze Jahr über stehe ich erst mittags auf, schreibe kaum eine Seite pro Tag, und ausgerechnet in den Ferien trifft mich der Musenkuss? Das kann doch nur ein Scherz sein! Tagelang irre ich durch London auf der Suche nach Inspiration, schlage müßig die Zeit tot, langweile mich, lese auf dem Wohnzimmersofa, während er mit Hochdruck Millionen scheffelt, kaum zum Luftholen kommt, Befehle verteilt, Befehle entgegennimmt, immer in der Tretmühle! «Ich stehe nicht erst mittags auf!» – «So gut wie, *my dear*!»

Ich bin gekränkt, ich weine. Am Ende einigen wir uns auf einen Strandspaziergang, bei dem jeder von uns beiden seine Eltern anruft, um ihnen zu sagen, dass wir gut angekommen sind. Ich gehe arbeiten. Ich ringe mit einem letzten Kapitel, wie immer, ich warte auf eine Eingebung. Ich erdenke ein System. Beim Schreiben falle ich oft auf Systeme herein. Ich erinnere mich sehr genau an diese wenigen Absätze. Mein Lektor hat sie sofort gestrichen.

Wir sitzen im Wagen. Die Palmen am Straßenrand erinnern an die aus dem Vorspann von *Miami Vice*. Die Straßen liegen breit in der Sonne. Ich suche einen Radiosender, damit unsere Reise etwas beschwingter wird, die meisten bringen Songs, die Sprecher sprechen spanisch. Stanislas betätigt den elektrischen Dachöffner. In dem Wagen fühlt man sich wie in einem Schiff, Weltklasse. Wir fahren über den Hollywood Boulevard, haben keine Zeit, um anzuhalten und über die rosa Sterne des Walk of Fame zu flanieren. Vor uns wird oben auf dem Hügel der weiße Schriftzug «Hollywood» sichtbar, er ist winzig, uns wird klar, dass man ihn immer in Großaufnahme gezeigt bekommt. Wir sind enttäuscht. An der Ampel gehen ein Darth Vader mit blinkendem Laserschwert am Gürtel über die Straße, eine wasserstoffblonde Marilyn Monroe, ein Superman ohne seinen Umhang und zwei Charlie Chaplins. Die Touristen sollen etwas zu träumen haben. Stanislas spielt den Fremdenführer: «Rechts sehen Sie jetzt die Goldwyn-Mayer-Studios!», dabei ist es nur ein graues Gebäude ohne Aufschrift. Wir wollen beide ein Spektakel. Ich besonders. Und er verschafft mir eines. Ich würde gern aus meinem Leben entkommen, er bietet mir ein Phantasieland mit spanischen Untertiteln und einer Micky-Maus-Sonne. Er sieht mich lächelnd an. In seinen Augen sehe ich nichts. Heute weiß ich, dass er Bescheid wusste. Heute ist mir klar, er wollte einfach, dass wir diese Reise genießen, unsere letzte gemeinsame Reise, und dass ich ihn in guter Erinnerung behalte. Stanislas hatte wirklich Schneid.

Ich finde keinen Sender, ich gebe dem Navi die Schuld.

Stanislas ist genervt. «Du verstellst noch alles!» – «Sei nicht so schroff.» Mir kommen die Tränen, und ich denke, auf dieser Reise wird nichts funktionieren außer meinen Tränendrüsen. Ich lasse den verfluchten Apparat los, an den er sich klammert, als hinge unser Glück davon ab, als würde dieses elektronische Teilchen ihm jetzt und künftig seine Vorlieben und Entscheidungen diktieren.

Wir hielten an einem typischen *Diner* an. Schwarz-weiße Bodenfliesen, mit rotem Kunstleder gepolsterte Sitzbänke, Alu-Tische, Kellnerinnen in gegürteten rosa Kitteln, Häubchen und weißer Schürze, direkt aus den Fifties. Der Erste einer langen Reihe, aber das wissen wir noch nicht. *«A Chicken Cesar Salad and a Hamburger, please.»*

Das unendliche Blau des Meers beruhigt uns. Stanislas will unbedingt, dass ich mit ihm schwimmen gehe, aber das Wasser ist mir zu kalt. Ich sehe ihm nach, wie er loswatet. Ich weiß, dass ich ihn quäle. Die Gischt zerwühlt den Sand zu meinen Füßen und leckt an meiner Haut, es kribbelt ein wenig. Ich möchte nicht, dass er traurig ist, schleudere mein T-Shirt weg und platsche spritzend los. Er dreht sich um und reicht mir die Hand: «So kalt ist es gar nicht, das merkst du gleich.» Als ich bei ihm bin, reicht mir das Wasser bis unter die Achseln, jetzt kommt das Schwierigste, die Schultern und die eisige Klinge an meinem Hals, er nimmt mich in die Arme, seine Haut ist sonnenwarm, wir küssen uns. Ganz sanft. Ich lasse mich gehen, er zieht uns unter Wasser, in seinen Armen friere ich nicht so, ein ganz sachtes Gefühl. Mein Haar treibt frei im Wasser, wir kommen wieder an die Oberfläche, unsere Körper lösen sich voneinander. Das feindliche Wasser hat sich in eine Liebkosung verwandelt, die mich für sich will, ich schwimme, ich schwimme allein. Mein Körper ist wie befreit, ich spüre den Widerstand des Wassers zwischen meinen gespreizten Fingern. Ganz salzig komme ich wieder an Land. Wir suchen eine Dusche mit Süßwasser. Der Sand wärmt unsere Fußsohlen. Bis wir den Wagen erreicht haben, sind wir schon wieder trocken. Das dröhnende Donnern dreier Helikopter über unseren Köpfen bringt uns in die Wirklichkeit zurück. Alles ist wieder Lärm und Hektik. Ein Rettungsschwimmer in roter Badehose wie aus *Baywatch* rennt vorbei und lässt seine Kugeln hüpfen. Der Verkehr auf der Autobahn, die neben dem Strand verläuft, bewegt sich rasch fort. Alles ist Geschwindigkeit und schwitzt Gefahr aus. In der Luft liegt etwas Elektrisches.

«Komm, wir hauen ab. LA ist eine grässliche Stadt.»

Auf einmal sind wir unternehmungslustig und fast versöhnt.

«Du hast recht, Liebes, wir sollten keine Minute länger bleiben. Ab nach Las Vegas.»

# 24

Wir wollen schnurstracks fliehen, stecken aber stadtauswärts noch eine geraume Weile in Staus. Entsetzt betrachten wir die Einfamilienhäuser mit dem geschorenen Rasen davor, flatternden Stars and Stripes, gewaltigen Geländewagen mit fetter Kühlerhaube und enormen Rädern, sie stehen wie Trophäen unter den Carports aufgereiht, bis zu drei Stück pro Familie. Suburbs, Autobahnabfahrten, Verzweigungen und Umfahrungen folgen einander unendlich. Kein einziger Fußgänger. Getunte Vehikel, regenbogenfarben, dröhnen in unseren Ohren. Wir sind gezwungen, das Dach des Cabrios wieder zu schließen.

Nach und nach leert sich die Straße, und die Sonne neigt sich zum Horizont. Zum zweiten Mal heute erfüllt mich eine große Ruhe. Ich glaube an ein Wunder. Vielleicht wird es doch nicht unsere letzte Reise, vielleicht gelingt es uns, einander wieder zu lieben, von neuem. Da sehen wir ein riesiges Graffiti auf einem Reklameschild. «*ANGELS WILL RISE*» – Engel werden sich erheben. Dann kaufen wir etwas in einem Starbucks-Drive-in, stellen den Tempomaten ein und nuckeln an den Pappbechern. Die Wüste bietet sich uns dar, die Straße verläuft schnurstracks zum Horizont. Ein Schild weist auf das «Death Valley» hin, das Tal des Todes, doch dorthin wollen wir nicht, wir befinden uns zwei

Stunden von Sin City entfernt, der Stadt der Sünde. Was für ein Programm.

Ich erinnere mich an die fern schimmernde Stadt, eine Sonne in der Nacht, erinnere mich an diese Lichter, die immer intensiver wurden, je näher wir kamen, und an den unsanften Übergang von der eiskalten, schwarzen Leere der Wüste in das brennende Neon-Blinken. Las Vegas ist haargenau so, wie man es aus den Filmen kennt. Brennende Pyramiden, die Riesen-Rose über dem Eingang zum Flamingo-Hotel mit seinen rotgoldenen Neonleuchten, der kolossale Julius Caesar, mit erhobenem Arm, den pseudorömischen antiken Türmen des Cesars Palace gegenüber, das Springbrunnenballett des Bellagio und das Paris Las Vegas mit seinen Miniaturausgaben des Eiffelturms und des Triumphbogens. Hier will Stanislas die Nacht verbringen. Unter einem babyblauen Himmel. Die Halle des Hotels steht voller Pariser Litfaßsäulen, überall hängen Toulouse-Lautrec-Plakate, im Fahrstuhl zu unserem Zimmer hinauf singt Edith Piaf «La Vie en rose». Wir sind erschöpft, duschen aber trotzdem nur schnell und ziehen uns um, denn wir wollen sofort wieder herunterfahren und die Stadt erkunden. Ich schlüpfe in ein sehr kurzes schwarzes Kleid, das mir passend erscheint, und sehe im Spiegel mein von der Müdigkeit fast lilafarbenes Gesicht. Im Aufzug zum Spielsalon hat jetzt Charles Trenet die Beschallung übernommen. Pariser Kopfsteinpflaster führt zu den Einarmigen Banditen, die sich vor uns erstrecken, so weit das Auge reicht. Es ist, als befänden wir uns in einem Feld aus klickenden Münzen. Stanislas steuert sofort die Black-Jack-Tische an, stolz auf seine Rechenkünste, er hat zu viele Filme gesehen, in denen Typen, die gut im Kopfrechnen sind, im Schutze ihrer Sonnenbrille die Bank sprengen. Er verliert 20 Dollar, dann hat er kein Bargeld mehr. Endlich kommen wir ins Freie. Die Klimaanlage hat mich fast zum Erfrieren gebracht. Die Nacht draußen ist warm und dunkel. Auf der Terrasse eines Restaurants namens *Margaritaville* trinken wir folgsam Margaritas und tunken von Käsesauce und Sour Cream triefende Nachos in dicke Guacamole. Alles ist kräftig mit Chili gewürzt. Die Teller fließen schier über, die Cocktailgläser sind eimergroß. Und inmitten dieser Maßlosigkeit müssen wir uns jetzt amüsieren, auf jeden Fall.

Stanislas hatte gesagt, wir würden in einen Striptease-Club gehen, so was hatte ich noch nie gesehen. Wie alle Trader liebte er das. Er meinte, die Mädchen sagten den ganzen Abend Preise an, das sei doch eine frappierende Gemeinsamkeit. Aber wir sind zu fertig. Wir besichtigen noch das Venitian, ein Casino-Hotel und eine Venedig-Kopie, alles ist voller Kanäle, Gondeln, Stuck und rosa Marmor. Über die Seufzerbrücke geht es mit einem Laufband. Meine Eltern hatten mir 100 Dollar für die Spielautomaten gegeben. Vor den rotierenden Bildern muss ich die Augen schließen. Ich hoffe, dass sie bei drei Diamanten stehenbleiben, das wäre der Hauptgewinn. Das würde uns retten. Geld löst alle Probleme, auch die größten. Wenn ich an dem Abend 100 000 Dollar gewonnen hätte, vielleicht wäre ich der Reise dann nicht so überdrüssig gewesen. Wir hätten die Imperial Suite genommen, in der obersten Etage, mit Blick über die Stadt und ihre Lichter, das Bett mit seinen vierzig Daunenkissen in der Mitte des Raumes unter dem Kronleuchter; wir hätten den vom Haus spendierten Champagner getrunken und miteinander geschlafen, versöhnt dank all dem vom Himmel gefallenen Geld, das uns bewiesen hätte, dass wir doch nicht verflucht sind, ein Wink des Schicksals, die Verheißung eines Neubeginns. Aber die Maschine verschluckt meine 100 Dollar umstandslos, und ich gehe zu Stanislas, der beim Poker verliert. Trunken vor Müdigkeit, die Augen rot unterlaufen, nehmen wir den Fahrstuhl zu unserem Zimmer. In dem langen Flur, der zu unserer kleinen Tür führt, gehen wir an einer Suite namens Calais vorbei, eine andere heißt Le Mans. Wir haben nicht mal mehr die Kraft zu lächeln.

«Ich habe von dir geträumt», sagt Stanislas beim Aufwachen. «Wir trennen uns, und keinem von uns beiden macht es etwas aus.» Wir gehen frühstücken. Vor dem Café Île-Saint-Louis und der Crêperie stehen die Gäste Schlange, ich fühle mich nervös, ausgelaugt, Stanislas geht vor mir her, er hält sich sehr gerade. Ich liebe ihn nicht. Ich liebe ihn nicht mehr. Ich sage zu ihm, ich müsse wieder hoch, arbeiten, er sieht mich kaum an. Die Wände in unserem Zimmer sind cremeweiß, ich weine angesichts der vergoldeten pompösen Möbel, nachgemachtes 18. Jahrhundert. Ganz Versailles in einem Doppelzimmer. Ich sitze in der Falle, Marie Antoinette in Disneyland, ich muss Kapitel 64 schreiben und es dem Verlag schicken. Ich bin ganz kraftlos, zwinge mich vor den Bildschirm des Laptops und denke, eines nach dem anderen: erst Kapitel 64, dann es an den Verlag schicken, dann Klarheit in mein Herz bringen.

Bevor wir Las Vegas verlassen, will Stanislas noch ein bisschen Poker spielen. Er setzt sich an einen Tisch, die Mitspieler tragen Sonnenbrillen, Basecaps, Bandanas und anderes, mit dem sie ihre Gesichter verbergen, als spielten wir Blindekuh. Es hat etwas Groteskes an sich. In der Zwischenzeit wandere ich durch die Menge, alte Männer im Trainingsanzug, junge Fettwänste, die aus unterarmdicken Bechern Cola saugen, wasserstoffblonde Tussis, Touristen in kurzen Hosen und Frauen, die morgens um neun in Abendgarderobe aufkreuzen. Eine verblüffende Häufung von Stereotypen. Jede Erwartung wird erfüllt, sie sind alle da, die Kellnerin mit Minirock und Pferdeschwanz stellt kaugummikauend eine Bloody Mary vor den Texaner mit Cowboyhut, weißem Anzug und türkisblauen Cowboystiefeln; da ist der Opi, der mit zittrigen Händen sein Häuschen verspielt, und die Bande von jungen Leuten, die vorhaben, schwer einen draufzumachen, und sich doch schon jetzt tödlich langweilen.

Ich will rasch eine Postkarte schreiben, trete aus der Lobby ins Freie und setze mich auf eine heiße Bank, die Sonne steht schon hoch am Himmel. Stanislas kommt, er ist aufgekratzt, er hat 400 Dollar gewonnen, ich beglückwünsche ihn. Er lächelt unter den Palmen: «Danke, Liebes, aber du weißt ja, wie man sagt – Glück im Spiel …» In seinen blauen Augen lese ich weder Ironie noch Traurigkeit noch Kälte. In seinen blauen Augen lese ich nichts. Er ist gelassen, scheint sich einfach nur amüsieren und die Reise genießen zu wollen. *Take the money and run.*

# 25

Meine Phantasie führt mich auf Abwege. Bei offenem Fenster, das Haar im Wind wehend, rauche ich eine Zigarette und betrachte die vorbeiziehenden ockerfarbenen Felsen. Das Fenster schließt sich langsam selbsttätig, klemmt meine Hand ein, zermalmt mir das Handgelenk, Blut strömt über meinen Arm, meine Hand ist nur noch ein kleines, formloses Ding weit hinter uns auf der Fahrbahn, mir wird übel. Naiverweise hatte ich gedacht, wenn ich die verdammten letzten Kapitel abgeliefert hätte, würde mir leichter zumute werden und ich könnte mich auf die Reise und meine Eheprobleme konzentrieren. Aber da kannte ich mich schlecht. Ich habe mich noch nie den Dingen stellen können, sondern immer Umwege und Auswege gefunden. Solange ich mich mit dem Text befassen konnte, ließ meine Angst sich kanalisieren, weil ich einen Namen und einen Vorwand für sie hatte. Nach Las Vegas schuf mein verwirrtes Gemüt alle möglichen Ausflüchte, kleine Arrangements, um meiner tatsächlichen Lage nicht ins Auge sehen zu müssen.

An der Grenze zwischen Nevada und Arizona muss Stanislas unablässig überholen. Jedes Mal, wenn er Gas gibt, will mein Herz fast stehenbleiben. «Nur keine Angst, Liebes, du weißt doch, dir kann nichts passieren, wenn ich dabei bin.» Ich vertraue ihm. Er liebt Apparate, Maschinen, Motoren, Geschwindigkeit, er ist ein großartiger Pilot.

Wir halten an, das Benzin geht zur Neige. Einmal volltanken dreißig Dollar, das reinste Autofahrerparadies. Die Angestellte sagt, wir befänden uns auf einem der letzten noch befahrbaren Teilstücke der Route 66. Ich spüre die Tränen kommen und wende mich ab, um mich diskret zu schnäuzen. So traurig wie jetzt war ich wohl im Leben noch nicht. Ich versuche, meinen Schmerz unverstellt wahrzunehmen. Ist das vielleicht eine neurotische Depression? Ihm Schmerzen zuzufügen, ist mir unvorstellbar. Aber ich muss ihn verlassen, denn ich liebe ihn nicht mehr. Es ist unvermeidlich. Am liebsten wäre mir, er würde sich in eine andere verlieben, mich betrügen. Er soll mich verlassen und glücklich werden. Ich will nicht schon wieder die Böse in der Geschichte sein. Mir fällt unser erster Kuss ein, als er am Anfang unserer Liebe in Metz sagte: «Ich weiß, irgendwann wirst du mich verlassen, ich pfeife darauf.» Ich schwor damals, das werde nie passieren, dass ich ihn wahnsinnig liebte, ich hätte mich verändert, diesmal sei es für den Rest unseres Lebens. «Es ist mir egal, Camille. Alles, was du da sagst, ist falsch. Wir werden nicht zusammen alt werden, aber jeder Tag, an dem wir uns lieben, ist ein Geschenk. Liebes, ich kenne dich, du hast mir ein Mal das Herz gebrochen, seitdem taugt es für niemanden mehr, ironischerweise nicht mal für dich.» Ich wollte ihm nicht glauben, ich liebte ihn derart, ich war sicher, felsenfest. Aber vielleicht war er bei seiner Meinung geblieben, hatte meinen Verführungskünsten und Versprechungen widerstanden, meinen wimpernklimpernden Tänzen. Vielleicht konnte ich ihn verlassen, ohne dass er mir eine Träne nachweinte.

Drohend ragt ein anthrazitgrauer Gewitterhimmel vor uns auf. Das Licht wird grell vom Asphalt reflektiert. Dann reißt der Donner die Wolken auf, und sintflutartiger Regen prasselt auf den Wagen. Binnen einer Sekunde ist die Straße nicht mehr zu sehen, ein Schleier von Myriaden Tropfen bedeckt die Windschutzscheibe. Ich kriege Panik. «Das liegt nur am Wind, entspann dich, Liebes!» Alles ringsum ist Wasser, als stünden wir unter einem Wasserfall, ich flehe ihn an, rechts ranzufahren und das Gewitter abzuwarten, «Du bringst uns noch um!» Unter vom Regenguss ersticktem Gehupe überholt er einen Laster. «Nein, wir halten nicht an, sonst ziehen wir den Blitz auf uns, halt dich gut fest!» Vor Angst gelähmt, kann ich nicht einmal nach meiner Tasche greifen, um ein Beruhigungsmittel zu nehmen. Die folgenden Minuten wirken unendlich lang, ein wirbelnder Tanz, dann lässt das Gewitter allmählich nach. Der weiße Dunst verweht, wie mit einem zitternden, nässenden Pinsel gezeichnet, scheidet die Horizontlinie Erde und Himmel, rötlichen Schlamm und blaue Luft. Wir sind noch einmal davongekommen. Er zuckt mit den Schultern, nennt mich einen Angsthasen und Hosenschisser, spielt den starken Mann, der keine Furcht kennt. Da ich sehe, wie glücklich er ist, lege ich noch eins drauf. «Wir wären fast umgekommen! Du bist viel zu leichtsinnig!» – «I wo, Liebes, ich hab alles im Griff gehabt. Jetzt entspann dich, es ist ja vorbei.»

Wir kommen immer höher, der Kopf dröhnt uns. Immer wieder halten wir uns die Nase zu und pusten, um uns die Ohren freizublasen. Als wir im Grand Canyon Village ankommen, ragt der Himmel maßlos hoch. «Unglaublich, was für ein Anblick, versprich mir, dass du dich daran erinnern wirst, Liebes.» Wir fahren schnell, wollen noch vor dem Dunkelwerden einen Blick in die Tiefe des Canyons werfen.

Der Sonnenuntergang färbte die Wolken lila und rosa, das Grün der Ebenen ging in Ultramarinblau über.

«Was für eine schöne Reise. Danke, mein Prinz.»

«Gern geschehen, das Vergnügen ist ganz meinerseits.»

Unter den blauen Kiefern blickten uns reglose Kühe nach. Dann und wann stand ein Wohnwagen am Wegesrand, von Gittern und Stacheldraht umgeben, ein Schild an einer Art Eingangstor: NO TRESPASSING.

# 26

Terracottarot. Blutiges Steakrot. Und Weiß. Ich hebe ein Stück Kreide auf und schreibe unsere Initialen auf den Fels. Keine Ahnung, wem ich da Sand in die Augen streuen will. Warum kümmert es mich, ob Unbekannte an unsere Liebe glauben? Der Pfad fällt steil ab. Eine Dreiviertelstunde lang konzentrieren wir uns darauf, dass Knie und Knöchel halten. Ich setze die Füße schön flach auf, mache kleine Schritte, um nicht auszurutschen. Weit dort unten am Talgrund bilden grünblaue Flächen einen Kontrast zu all den roten Bergen. Ein Ansturm von Schönheit, der mir den Atem nimmt. So etwas Spektakuläres habe ich noch nie gesehen. Wir schweigen. Irgendwann bin ich ganz erschöpft, die Kehle brennt mir, ich keuche, dass mir fast die Lunge herauskommt. Stanislas bietet mir eine Zigarette an. Wir haben nicht mal Wasser mitgenommen. Ich setze mich auf einen flachen Vorsprung, der ins Leere ragt.

Jetzt könnte ich sie herunterschubsen. Könnte Camille, meine Figur, ausrutschen und abstürzen lassen, gebrochenes Genick und Füße, eingedrückter Brustkorb. Schluss mit der Reise, Schluss mit der Liebe. Gerade denkt sie selbst darüber nach. Es wäre so einfach. All die Unendlichkeit ringsum, ein großartiger Ort zum Sterben. Sich einfach kopfüber fallen lassen.

Sie dreht sich zu ihm um. «Ich habe dich betrogen.» Er

sagt nichts. «Liebes, ich liebe einen anderen.» Er soll Bescheid wissen und ihr verzeihen. Am besten, er sagt «Ich weiß doch», oder er langt hin und verpasst ihr so eine Ohrfeige, dass sie in den amarantroten Staub kullert. Oder er erwürgt sie und stößt sie ins Leere. Dann könnte sie sich an ihm festklammern. Ich könnte sie beide abstürzen lassen. Camille und Stanislas, meine Figuren. Und fertig wäre das Buch. Aber sie ist feige, und er ist blind. Sie werden anders umkommen müssen.

«Gleich regnet es wieder, Liebes, schnell!»

Und es regnet, ein sanfter, freundlicher Regen mit fetten, runden Tropfen, von denen die Hose an den Beinen klebt und die die Arme hinabrinnen. Als wir im Zubringerbus Platz nehmen, sind wir triefnass. Das Naturschauspiel des Canyons scheint Stanislas nicht besonders beeindruckt zu haben. Er ist nur einfach stolz, dass er extremen Witterungsbedingungen getrotzt hat, der Hitze und dem Sturzregen. Der Fahrer des Kleinbusses heißt Paul sowieso, wir verstehen kein Wort von dem Geplapper, das bis zum Parkplatz nicht aufhören will. Vielleicht irgendwas über die Hualapai-Indianer. Indianer sind uns piepegal.

## 27

In den Kurven rief er: «Alles festhalten!», und die anderen Autofahrer hießen für ihn allesamt *Bob*. Fand er, einer fahre zu langsam, so rief er: «Bob, jetzt schlaf bloß nicht ein!»

Wir halten an einem *Wendy's*, um einen Burger zu essen. Stanislas entscheidet sich für einen *Baconator*, der, wie sein Name schon sagt, jede Menge Bacon und nicht weniger als 930 Kalorien enthält. Ich bin entsetzt. Über den Slogan *Baconator – You know your mouth wants it!* müssen wir mindestens drei Kilometer lang lachen. Eine Trennung muss eigentlich traurig sein, und doch gibt es, wenn das Ende nah ist, erleichternde Momente der Freude, der Übereinstimmung, der Fröhlichkeit. In solchen Augenblicken lacht man umso leichter, als man weiß, es könnte das letzte Mal sein. Die wahre Traurigkeit kommt später, wenn man nichts mehr miteinander zu teilen hat, nicht mal Erklärungen oder einen Streit.

Von Albuquerque bleibt mir eine grässliche Erinnerung. Nichts als endlose Autobahnkreuze, Umgehungsstraßen, Abfahrten, das TomTom weiß auch nicht mehr, wo rechts und links ist. Alles ist zu groß. In unserem Reiseführer wird ein unauffindbares Motel empfohlen. Wir versuchen es in einem anderen mit dem poetischen Namen Casas de Sueños, es hat nichts mehr frei. «Wenn du dir auf dem Planeten lonely vorkommen willst, kauf den Lonely Planet!», lacht Stanislas. Ich lächele kurz beklommen. Hinter den Neonröhren mit ihrem faden, Übelkeit erregenden Licht erstreckt sich die undurchdringliche, feindliche Nacht.

Wir wissen nicht, wo wir für diese Nacht unterkommen werden, wir sind zwei streunende Hunde. Am Ende landen wir in einem schaurigen Hotelturm, einem Zimmer im achtunddreißigsten Stock: Teppichboden und Blick auf Parkplätze. Uns wird klar, dass wir in eine andere Zeitzone geraten sind, was zum Teil erklärt, warum die Stadt so tot wirkt. Es ist nicht neun Uhr abends, sondern zehn, die Restaurants sind geschlossen. *Downtown* gehört die Stadt den Betrunkenen, den Bikern und dicken Männern am Steuer von riesigen Autos. Permanente Aggression liegt in der Luft. Ich bin hypernervös. Aber Stanislas macht nur umso mehr Witze, und irgendwann entringt sich mir ein stummes Lachen. Dieser Mann weiß wirklich mit mir umzugehen. Er macht den Fernseher an, auf allen Programmen nichts als Mord und Totschlag, wir schlafen vor einem Blutbad ein.

Weinend aufzuwachen, ist seltsam, fast tröstlich. Ich kann nicht wieder einschlafen, sondern betrachte Stanislas, den Glücklichen, den Mann, der bald von mir befreit sein wird. Gleichviel, wenn es ihm weh tun wird, die Zeit wird seine Wunden heilen. Ich stelle mir vor, wie er in zehn Jahren sagen wird, ein Glück, dass er damals diese Durchgeknallte losgeworden und noch mal davongekommen ist.

Er schlug seine maledivenpazifikblauen Augen auf, der Rest seines Gesichts blieb unbewegt. Ich drängelte mich an ihn und schluchzte: «Meine Welt bricht zusammen.» Dann verwirrten sich meine Gedanken zu apokalyptischen Visionen, ich sah Erdbeben vor mir, Tsunamis, und floh unter die Dusche. Im Fernsehen wurde bekanntgegeben, Ben Bernanke habe über Nacht die Zinsen auf 0,25 Prozent gesenkt. «Ui, das ist eine gute Nachricht!», rief Stanislas.

# 28

Plakate mit lächelnden jungen Menschen entlang der Landstraße. *I choose to wait* … «Ich warte bis nach der Hochzeit.» Die armen Kinder veranstalten eine Kampagne für sexuelle Enthaltsamkeit, lassen sich von frustrierten oder enttäuschten Erwachsenen benutzen. Ich beknie Stanislas, dass er im Texas Catholic Shopping Center hält. Dieser Einkaufsmarkt bietet religiöse Gipsstatuen aller Größen an, Gekreuzigte, Figuren des Erzengels Gabriel und von Maria Magdalena, T-Shirts mit der Aufschrift «Ein Recht auf Jesus» oder «Romantic Catholic», Johannes-Paul-II.-Basecaps mit dem Schriftzug «The Servant of God», Rosenkränze, Schlüsselringe in Form von Plastik-Dornenkronen. Ich kaufe eine Karte mit einem Gebet an den heiligen Christophorus, den Schutzpatron der Reisenden, denn im Wetterbericht hieß es, wir führen geradewegs auf einen Hurrican zu.

Ich hasse das Autofahren, bin extrem abergläubisch. Während der Fahrt entdecke ich unzählige schlechte Omen: eine Krähe links am Straßengraben, ein schwarzer Vogel, der blitzartig unsere Fahrtrichtung quert, jedes tote oder überfahrene Tier, Wolken mit mir zweifelhaft erscheinenden Formen, eine Menge von Details und Ereignissen, die ich nicht einmal zu erklären wüsste. Als Gegenwehr gegen das Böse winke ich mit der rechten Hand über die linke Schulter, eine rasche, verstohlene Bewegung. Niemandem in meiner Umgebung ist diese neurotische, absurde Manie je aufgefallen. Manchmal tue ich einfach so, als würde ich mir den Kragen zurechtrücken, mich am Hals kratzen oder eine Nadel im Haarknoten richten.

Sechstausend Kilometer Handbewegungen gegen böse Vorzeichen. Auf knapp vier Kubikmetern, die Koffer eingerechnet, mit einem Mann zusammengesperrt, den ich betrogen habe. Ein Betrug mit optionalem Zellenaufenthalt – in der Fahrgastzelle. Wir reisen mit leichtem Gepäck, aber mein Geheimnis lastet tonnenschwer auf mir. Sechstausend Kilometer neben ihm, und um mir nicht vorzukommen, als würde ich in der Falle sitzen, konzentriere ich mich auf die Straße, spähe auf der Suche nach Zeichen in die Landschaft oder aber beobachte ihn. Meist schweigen wir. Stundenlang mustere ich die Poren seiner Gesichtshaut, den Saum seines Bartes, die Krümmung seiner Nase, seine geblähten Nasenlöcher und seinen Atemrhythmus, die um das Lenkrad geklammerten Hände und die zusammengekniffenen Lippen. Ich tränke mich mit dem Anblick wie mit dem eines Bildes, merke mir jede Haarsträhne, jede Bewegung seines Kinns. Manchmal lasse ich die Gedanken schweifen und vergesse das Quälende meiner Situation. Dann stelle ich mir vor, wie Stanislas im Alter aussehen könnte, mit etwas schlafferen Wangen und Falten um die Augen. Sein Profil prägt sich meiner Erinnerung ein.

Stanislas war ein guter Beobachter, auch er betrachtete mich. Sogar mein Handwedeln fiel ihm irgendwann auf, wenn er am Steuer saß oder ich selbst fuhr, und er suchte einen Grund dafür. Als wir wieder einmal an einem überfahrenen Tier vorbeikamen, begriff er, dass es etwas Abergläubisches sein musste, eine Art Hexerei.

«Warum machst du das, Liebes?»

«Was?»

«Deine Schulter anfassen.»

«Ich mach nichts mit meiner Schulter.»

Ich wollte ihn nicht einmal überzeugen, dass das stimmte, sondern freute mich wohl, dass er mich durchschaut hatte. Die toten Tiere waren ihm aufgefallen, aber noch nicht so ganz, dass auch Vögel eine Rolle spielten. Welche brachten Unglück, welche flogen in der passenden Richtung oder in der unpassenden? Er hatte immer ein beobachtendes Auge auf mich gerichtet. Meine schönste, meine kläglichste Erinnerung an Stanislas ist diese hier: Ich erblickte beim Lenken irgendein Böses verheißendes Flattertier, ich weiß gar nicht mehr, was für eines. Ganz langsam hob ich die Hand und wischte mir scheinbar ein Staubkörnchen von der Schulter. Dann legte ich die Hand wieder auf den Ganghebel, ohne mich zu ihm hinzudrehen, ohne ihn anzusehen, als ob nichts wäre. Nach zehn Sekunden wandte ich mich ihm unmerklich, mit einer winzigen Drehung etwas zu, um zu sehen, ob er es bemerkt hatte. Er saß da und blickte mich mit einem hinreißend spitzbübischen Lächeln an, voll der kindlichen Freude des «Ertappt!». Meine schönste Erinnerung liegt in dieser Sekunde der Übereinstimmung und in dem schallenden Lachen, das darauf folgte.

# 29

Stanislas wollte unbedingt einen Cowboyhut, und zwar einen Stetson, denn die Legende besagte, dass man aus ihm sein Pferd tränken kann. Einen nützlichen, soliden Hut. Texas übertrifft seinen Ruf noch bei weitem. Die Leute grüßen einen mit einem «Howdy!», sie tragen Cowboystiefel, Holzfällerhemden und ebensolche Hüte. Wo man hinblickt, eine Ranch.

«Halt an!» Ich habe einen Einrichtungsladen entdeckt, wo Teppiche aus Kuhfell verkauft werden. Ich stürme hinein, und wir werden nicht enttäuscht. Am liebsten würde ich alles mitnehmen, den Schaukelstuhl, der aussieht, als ob er Calamity Jane gehörte, die Patchwork-Tagesdecke und vor allem einen Kuhschädel mit langen, waagerecht zur Seite strebenden spitzen Hörnern, ein Texas Longhorn, das ich schon an der roten Wand unseres Wohnzimmers sehe. «Oh bitte, Stanislas, bitte, das wird großartig!» Er hat seine Zweifel, «Ist das nicht viel zu sperrig? Ins Flugzeug lassen die uns damit ganz sicher nicht.» Ich erkundige mich nach dem Preis. Hundert Dollar. Und der Schädel hat noch fast alle Zähne. «Stanislas, du hast eben keine Ahnung von Einrichtung, vertrau mir, du wirst schon sehen. Und ich kümmere mich um den Transport.» Seufzend gibt er nach, sowieso spielt er gern den Mann, der seiner Liebsten nichts abschlagen kann. Der Verkäufer amüsiert sich still, er braucht kein

Französisch zu können, um die Situation zu durchschauen: Ich halb flehend, halb bezirzend mit zusammengelegten Händen, Stanislas, der achselzuckend das Portemonnaie herausholt, mit zum Himmel gewandten Augen. Ich falle ihm um den Hals. «Oh, danke, danke!», und frage den Verkäufer, wie man in Texas die Kühe nennt. Er versteht nicht. Ich erkläre ihm, dass in Frankreich alle Kühe Marguerite heißen, und da sagt er mit einem frechen Blick auf seinen Kollegen: «Sam.» Ich denke eher, Sam ist der Name des Kollegen, der das nur mäßig komisch zu finden scheint, aber ich finde das den perfekten Spitznamen, sowohl männlich als auch weiblich, und übernehme ihn sofort. Wir machen es Sam auf der Rückbank bequem, seine Hörner nehmen die gesamte Breite ein. Von nun an haben wir, wenn wir in den Rückspiegel schauen, stets seinen weiß glänzenden Schädel im Blick. Ich bin entzückt und habe ja keine Ahnung, dass mich eine Woche später der britische Zoll deswegen festhalten wird.

Stanislas will also einen Hut haben, und da sein Kopf sehr groß ist, halten wir an einem Laden, der Hüte nach Maß anfertigt, in Anwesenheit des Kunden über Dampf geformt. Stanislas freut sich wie ein Kind. Er drückt sich den Hut in die Stirn und fährt das Verdeck des Wagens zurück, und ich muss schon sagen, wir sind wirklich ein stolzer Anblick, mit dem Kuhschädel auf der Rückbank und hinterm Steuer einen Cowboy mit weißem Hut, der an jeder Ampel «Howdy!» ruft. Es ist ein schöner Tag. Als wir in Dallas ankommen, erinnert Stanislas mich daran, dass ich die Titelmelodie der gleichnamigen Fernsehserie abspiele, die ich vorsorglich auf meinen Computer geladen habe. Die Wolkenkratzer schimmern in der Sonne, wir sausen über die Autobahn, und Stanislas singt aus vollem Halse die Horn-Melodie des Anfangs mit. Er ist begeistert, er versteht es, den Augenblick zu genießen, er ist so glücklich mit dem Hut und seiner Tussi in dem Cabrio. Jetzt übernehmen die Trompeten, und Geigengirlanden treten hinzu. Und was mache ich hier? Was mache ich mit einem Mann, den ich nicht mehr liebe? Weit schwingende Streicher erklingen. Ich muss etwas tun, ich muss eine Entscheidung treffen. Es kann so nicht weitergehen. Ich muss es ihm sagen, ihm gestehen, dass ich einen anderen liebe. *Ich glaube, ich liebe einen anderen.* Der Satz brennt mir auf den Lippen, ich brauche ihn nur auszusprechen, und alles ist vorbei. Vorbei die Lügerei, endlich könnte ich mir wieder selbst in die Augen schauen, ich würde gehen und ihn mit Sam zurücklassen. Aber ich sage nichts, ich kann nicht, nicht in Dallas, nicht jetzt, er ist gerade so glücklich. *Du darfst es nicht.* Ein wirklich schlechtes Gewissen habe ich nicht, aber ich schäme mich angesichts der fortdauernden Lüge, die alles befleckt, Kleines wie Großes, schäme mich angesichts meines lügnerischen Herzens, dem ich nicht mal mehr trauen mag, wenn es Stanislas zärtlich anblickt und mir sagt, ich dürfe ihm nicht weh tun. Ich will, dass meine Sünde auf mir lastet, und wenn meine Lüge mich verzehrt, umso besser, ich verdiene es nicht anders.

Unser Hotel ist todschick im viktorianischen Stil eingerichtet. Stanislas wollte eine Suite nehmen, ein großes, helles

Zimmer, an dessen Ende ein Doppelbett mit Dutzenden Kissen steht. Noch ein Bett mehr, in dem wir uns nicht lieben werden. Der rechte Hinterreifen unseres Wagens ist platt, Stanislas hängt mehr als zwei Stunden am Telefon und versucht, das Problem zu regeln. Er ist wütend, weil wir zum Flughafen fahren und den Wagen wechseln sollen. Er weigert sich. Ich sitze tatenlos im Bett. Eine Versöhnung könnte nur auf dem Kopfkissen stattfinden, aber sie rückt in immer weitere Ferne. Ich weiß nicht, warum ich mit ihm schlafen will, wo ich ihn doch betrogen habe. Mein Körper erinnert sich noch an die Berührungen des anderen Mannes. Ich verstehe mich selbst nicht. Ich sollte erleichtert sein, dass er mich nicht anfassen will, aber in einer letzten Aufwallung des Stolzes möchte ich mich begehrt fühlen. So, wie der andere mich begehrt hat, wild und ungestüm.

Ich erinnere mich an den Aufzug, ich sehe das Club Sandwich vor mir, Bacon, Salatblatt, Tomate, gegrilltes Hähnchen und Avocado-Spalten.

Stanislas war ins Zimmer zurückgekommen und hatte über den Reifenservice gewettert, und ich fuhr ins Hotelrestaurant hinunter, verdrossen und deprimiert. Manche Leute lassen sich von einem platten Reifen oder einem tropfenden Wasserhahn wahnsinnig machen, ich gehöre nicht dazu; auf solche Alltagsprobleme pfeife ich, ich lasse sie vorüberziehen. Als ich wieder in den Fahrstuhl steige, eine brave Gattin mit dem Club Sandwich auf einem weißen Porzellanteller, bin ich das Theater nur noch leid. Ich klopfe an die Tür der Suite, Stanislas öffnet und bedenkt uns beide, den Teller und mich, mit einem bösen Blick.

«Hier, für dich.»

«Ich hab keinen Hunger.»

Ich stelle den Teller auf einen Tisch und warte, ins Leere blickend, dass er mit den Blöden-Idioten-von-Autovermietern fertigtelefoniert hat. Wer weiß, wenn er mich an jenem Nachmittag leidenschaftlich aufs Bett geworfen hätte, Grillhähnchen und Avocado als Zeugen, vielleicht wäre dann alles anders gekommen. Aber zu solchen Aufwallungen ist Stanislas nicht imstande. Selbst an den allerersten Tagen unserer Liebe, als er überhaupt nicht genug von mir bekommen konnte, mich zu jeder Tages- und Nachtzeit haben wollte, selbst da war er weder heftig noch wild, das gab es zwischen uns einfach nicht.

«Ich gehe ins Museum, du kannst ja nachkommen, wenn du willst.»

Türenknallend geht Stanislas aus dem Zimmer, ohne mir zu antworten. Ich setze mich auf den Boden und stopfe das Sandwich in mich hinein wie zu den schlimmsten Zeiten der Bulimie. Ohne zu kauen. Das Hühnchen kratzt mir die Speiseröhre wund, Mayonnaise, Senf und Ketchup kleckern mir die Finger voll und überziehen meinen Mund mit einer süß-salzigen fettigen Schicht. Das Brot ist trocken, die Tomate schmeckt nach gar nichts, ich schlinge alles herunter und warte. *Jetzt, jetzt musst du es tun, jetzt musst du dich von ihm trennen.* Ich denke an Julien Sorel, den Helden aus Stendhals «Rot und Schwarz». «Um Schlag zehn Uhr werde ich ausführen, was ich mir den ganzen Tag lang für heute Abend vorgenommen habe, oder ich gehe in meine Wohnung hinauf und schieße mir eine Kugel in den Kopf.» Ich stelle mir vor, wie ich allein durch die Straßen von Dallas irre. Und ich warte, auf dem lindgrünen Teppichboden liegend, gebannt auf die wenigen Krümel im Teller blickend. Kurz denke ich, jetzt kommt er nicht mehr wieder. *Er ist weg.* Was für ein strahlendes Ende das für unsere Geschichte wäre. «Wir sind noch bis Dallas gekommen, aber dann ist sie mir so auf die Nerven gegangen, ich hab sie einfach da sitzengelassen.» – «Nein!» – «Doch, ich bin ins Auto gestiegen und abgehauen, ich hab sie nie mehr wiedergesehen. Angeblich hat sie irgendwo einen Cowboy getroffen, einen Ölbaron, und geheiratet, na, viel Glück.» Als Stanislas die Tür öffnet, bin ich ungefähr beim achtzehnten Trennungsszenario, habe mir ein Leben an der Seite eines peruanischen Boxers vorgestellt oder mit einem schwedischen Notarzt, einem Geige spielenden Schweizer Banker, und er hat irgend so eine großbürgerliche Marie-Charlotte geheiratet, die gerade ihrer beider fünfte Tochter erwartet. Überrascht fragt er mich, warum ich nicht im Museum bin. Ich bringe nur mit Mühe heraus, ich hätte auf ihn gewartet. Meine Finger kleben noch von Mayonnaise. Ich habe keine Ahnung, wie lange ich da am Boden gelegen habe.

Die Verdauungsarbeit, die nötig ist, um die unzerkauten Brocken zu knacken, hat mich ermüdet. Stanislas reicht mir die Hand und hilft mir auf. Ich kann nicht kämpfen. Wieder einmal bin ich feige, ich lächele. Er setzt mich aufs Bett und küsst mich sehr zärtlich. Ich streife mein tränenreiches Ich ab und gehe mit ihm ins Sixth Floor Museum, das Backsteingebäude, in dessen fünftem Stock sich am 22. November 1963 Lee Harvey Oswald verschanzt hatte, um auf Präsident Kennedy zu schießen.

Ich denke an Dallas zurück und erinnere mich an den Augenblick, in dem ich voller Entsetzen feststellte, das ich weder die Kraft haben würde, ihn zu verlassen, noch die Kraft zu bleiben. Ich saß in der Falle, hatte alle Hoffnung fahren lassen müssen, die auf Verzeihung, oder auf einen Neubeginn, oder auf sonst eine Tabula rasa. Also machte ich weiter, vergrub mich lächelnd in der Lüge.

Als wir die Koffer zumachen, frage ich Stanislas, ob er eigentlich nie mehr mit mir schlafen will. Und ich weine wieder. Jetzt ist es meinem kranken Geist gelungen, den Schwarzen Peter ihm zuzuschieben. Seit drei Monaten hat er mich nicht mehr berührt. Ein schleichender Prozess. Anfangs hatte er Entschuldigungen, war zu müde, hatte so viel Stress bei der Arbeit, die Märkte brachen zusammen, die Volatilität volatisierte. Dann irgendwann sagte er einfach: «Nein, heute Abend nicht.» Wir saßen vorm Fernseher, bis uns die Augen zufielen, und am Wochenende feierten wir, bis wir nicht mal mitbekamen, wie wir einschliefen.

Vielleicht war das ja nur eine Phase, und es war falsch, das zu dramatisieren, vielleicht hätte ich gelassener abwarten müssen, dass es wiederkam, ohne zu rechnen. Aber ja, ich rechnete, wie oft pro Woche, pro Monat, ich verglich mit unserer ersten Zeit. Manchmal dachte ich, der Grund müsse bei uns beiden gleichermaßen liegen. Aber nein, schließlich war er der Mann, er hatte die Initiative zu ergreifen. Aber das tat er nicht. Bald fehlte mir der Sex nicht einmal mehr. Je weniger Sex man hat, desto geringer wird die Lust. Die menschliche Natur ist unübertroffen darin, das Unhinnehmbare hinzunehmen.

Was uns fehlt, ist eine Szene. Die Koffer sind fertig. Stanislas schaut nach, dass wir nichts vergessen haben. Was muss ich sagen, um ihm eine Reaktion zu entlocken? Dass ich ihn betrogen habe? Die letzte Hilfe, die äußerste Lösung, das Unmögliche. Wenn ich ihm nun meinen Fehltritt gestehe? Und er ihn hinnimmt. Mir verzeiht. Ich weiß, er wäre dazu imstande. Jedenfalls war er es noch letztes Jahr, als er sagte: «Ich liebe dich derart, dass ich zu allem bereit wäre, sogar dazu, die Rolle des betrogenen Ehemanns zu spielen, wie in einer Farce.» Diese Erklärung hatte mich entsetzt. Ich bin so feige, ich widere mich selbst an. Da auf einmal kommt Stanislas zu mir und geht auf die Knie, das ist das Letzte, womit ich gerechnet hätte. «Camille, verlass mich nicht, verlass mich nicht, mir ist gestern klargeworden, wie es wäre, ohne dich leben zu müssen, verlass mich nicht, ich flehe dich an.» Habe ich das gewollt? Ein Liebesschwur, unter Tränen, wo Stanislas doch so stolz und tapfer ist? Dass Stanislas endlich zugibt, dass wir im selben Boot sitzen, Bruder und Schwester im Leiden? Stanislas weint. Stanislas liebt mich. Mit wird auf einmal klar, dass sein kühles Lächeln, seine zur Schau gestellte gute Laune angesichts meiner Deprimiertheit nur gespielt waren. Ihm ist vollkommen klar, was vor sich geht. Mir ist es unerträglich, ihn auf Knien zu sehen, die Arme um meine Beine geschlungen, das Gesicht in den Falten meines Rockes vergraben.

«Nein, ich verlasse dich nicht, ich liebe dich, mach dir keine Sorgen.»

Ich werde erst gehen, wenn er es entscheidet.

# 30

An jenen Abend habe ich nur undeutliche Erinnerungen. Feuchte Wärme umhüllte uns, wir hatten Durst, rauchten Zigarette um Zigarette und tranken einen Cocktail namens «Hurrican». In mein Heft schrieb ich: «Weißer Rum, brauner Rum, Limette, Maracuja.» Wir hatten eine vom Sturm Katrina verwüstete Landschaft erwartet, sahen aber nichts dergleichen. Wir sind Touristen.

Ich weine ein bisschen.

«Wir fahren es gegen die Wand, Liebes.»

Ohne mit der Wimper zu zucken, gesteht er mir, dass er schon damit rechnet, diesen Road Trip allein zu beenden, weil wir so verschiedene Erwartungen an die Zukunft haben.

«Es passt einfach nicht.»

Der Alkohol beschert mir eine miese Stimmung. An jenem Abend wischte ich mir vor dem leeren Cocktailglas die Tränen ab und sagte Stanislas voraus, wie er nach unserer Trennung leben würde. Er würde seine Traumfrau finden, ein Abziehbild seiner Mutter, die ideale Gattin. Ich deutete mit dem Zeigefinger auf ihn und verkündete unheilschwanger: «Auf ewig unglücklich!» Er lachte und bestellte nach. Heiß lastete die Nacht auf unseren betrunkenen Schultern. Wer weiß, wie viele Cocktails wir tranken unter Anklagen und Geständnissen. Untergehakt stolperten wir irgendwann durch die Bourbon Street, was für ein passender Name. Stanislas wollte einen Stripclub aufsuchen, aber sie wirkten alle gottverlassen, und ich konnte mich kaum mehr auf den Beinen halten. Ich glaube, eine Zeitlang wussten wir gar nicht mehr, wo wir waren. Wir redeten wirres Zeug, unsere Schläfen glühten fiebrig. Stanislas murmelte: «Lächerlich … lächerlich … schau dir bloß mal an, was wir machen … Grotesk.» Irgendwann fanden wir unser Hotel wieder. Im Zimmer brauste die Klimaanlage ohrenbetäubend. Ich rief in der Rezeption an, sie versprachen, einen Hausmeister zu schicken, und wir setzten uns zum Warten aufs Bett.

Um vier Uhr morgens weckte mich höllischer Durst. Wir waren bei Licht eingeschlafen, voll angezogen, mit ungeputzten Zähnen, echte Suffköppe. Ich weiß nicht, ob der Hausmeister überhaupt gekommen war. Vielleicht schliefen wir schon tief wie ein Stein, und er hatte vergebens angeklopft.

# 31

«Wir haben gestern grässliches Zeug geredet.»
«Das sehe ich nicht so, das war endlich mal Klartext.»
«Wir waren betrunken.»
«Nein, auf den Alkohol können wir das nicht schieben.»

Wir springen in den Hotelpool und trinken Piña Coladas, die Beine im Wasser baumelnd, die wärmende Sonne im Rücken. Um vier Uhr nachmittags sind wir schon ziemlich angeheitert. Stanislas sagt, ich solle mich fein machen. «Wir gehen feiern, Liebes!» In Wirklichkeit werden wir uns einfach nur volllaufen lassen. Wir entdecken eine Bar, in der eine *private party* stattfindet, und mischen uns kühn unter die Gäste. Wir landen auf einer menschenleeren Terrasse mit Blick über die Stadt. Eine leichte Brise verweht die feuchte Luft. Mir dreht sich ein wenig der Kopf, ich fühle mich wohl, nippe am Champagner, rede über Literatur, bringe Stanislas zum Lachen, es entspannt ihn. Dann gehen wir in ein Restaurant Abend essen, das dem *La Coupole* ähnlich sieht, *Antoine's Restaurant*, eine Institution seit 1840, mit Bistro-Stühlen, gestärkten weißen Tischdecken, schwarz-weißen Bodenfliesen und Kronleuchter. Wir sind völlig verhungert, bestellen Hummer und Seezunge nach Müllerin-Art. Stanislas geht zum Nebentisch und fragt, was dort auf dem Teller liegt, er möchte dasselbe.

Der Mann sagt: «I'm American and I love France», er will uns vor lauter Freude eine Flasche Champagner ausgeben. Wir trinken sie auf einen Satz leer. Er findet uns schön und jung und verliebt und fragt, ob wir im Honeymoon seien. Nein, guter Mann, es ist das Gegenteil vom Honigmond, es ist die Gallensonne.

Zwei unglückliche Betrunkene torkeln aus dem Restaurant. Sie haben ihr Herz in Champagner ertränken wollen, und jetzt erinnert sie alles an ihre Traurigkeit, die Nacht draußen, die auf der Straße tanzenden Leute, die festliche Stimmung, die lachend herumspazierenden und die Jazzclubs besuchenden Touristen, die engumschlungenen Paare, alles lässt sie gewahr werden, wie traurig sie selbst sind. Taumelnd kauft Stanislas ein Päckchen Zigaretten. «Komm, Liebes! Ich nehm dich zu den Tänzerinnen mit!» Die rosa Neonleuchten flackern, jede Bar verspricht hinter ihren schweren Türen oder zugezogenen Vorhängen die schönsten Frauen. Wir betreten die erstbeste, gehen eine Treppe hinunter, Tapeten in Leopardenfellmuster, die Musik vibriert in der Luft, der Raum ist ein schwarzes Loch, man erahnt sitzende Männer, die meisten Jammergestalten. Auf einer winzigen Bühne windet sich eine junge Frau. Hübsch ist sie nicht. Sie stöckelt auf silbernen Stilettos herum, ihre Schenkel sind voller Orangenhaut, ihre Brüste künstlich, zwei Luftballons kurz vorm Platzen, mit angewidert verzogenen Lippen starrt sie ins Leere und bietet dabei mit unwahrscheinlichen Verrenkungen ihren Hintern dar. Man sieht sie direkt vor sich, wie sie am Wochenende im Supermarkt in Jogginghose und übergroßem T-Shirt einen Einkaufswagen voller Tiefkühl-Pizzas vor sich herschiebt. Die anderen Frauen wandern durch das Lokal, sie tragen Latex-Wäsche oder bonbonrosa Miniröcke. Es ist für jeden Geschmack was dabei, große Rothaarige, kleine Blondinen, üppige Schwarze, knabenhafte Asiatinnen, manche lächeln, andere ziehen einen Schmollmund, alle sind sie bei der Arbeit. Absolut nichts Genüssliches geht von dieser Atmosphäre aus, die Männer riechen nach Bier, die Musik ist voll aufgedreht, um jedes Gespräch unmöglich zu machen, immerhin darum muss man sich dann nicht mehr bemühen. Stanislas setzt sich direkt vor die Bühne und bestellt etwas zu trinken. Er schreit mir ins Ohr: «Hast du noch Dollar?» Ich höre nichts. «Was?» – «Man muss ihr einen Dollarschein in den Tanga stecken!» Ich suche lustlos in meinen Taschen, die Vorstellung, das schlaffe Fleisch dieser Frau zu berühren, widert mich an. Wir bekommen zwei ausgesprochen starke Wodka Tonic, der Barmixer hat wahrscheinlich Order, nicht zu geizen, sondern auf die enthemmende Wirkung des Alkohols zu setzen. «Welche willst du?» Ich verstehe die Frage nicht. «Na los, Liebes, ich spendiere dir einen Lap Dance, such dir eine aus!» Ich schaue mich um, die Frauen wirken wie verirrte Provinzlerinnen, die in dieser Lasterhöhle gelandet sind, damit sie ihren Kindern die Schule zahlen können, jedenfalls stelle ich mir vor, dass sie das ihren Kunden erzählen. Sie sind banal, deprimiert, alles andere als erregend. Stanislas deutet auf eine noch recht fein gebaute Blondine mit eckigem Haarschnitt und schwarzer Satin-Unterwäsche, sie macht einen auf 50er-Jahre-Pin-up, Wespentaille, hohe Strümpfe und Strumpfhalter. Sie ist immerhin ein klein wenig eleganter als die anderen, und sie entspricht absolut Stanislas' Phantasien. Meinen dafür überhaupt nicht. Eine andere Tänzerin hat jetzt die Bühne geentert. Schmachtend entblättert sie sich vor unseren Augen. Sie ist sehr jung, gerade mal achtzehn, ihr Blick ist der einer Kuh auf Ecstasy. «Also? Welche?» Hinter uns hockt eine junge Frau über dem Schoß eines schweißtriefenden Mannes in Hemdsärmeln und kreist mit dem Becken. Völlig reglos steckt er in seiner Jeans wie in einer Wurstpelle, die Hände auf der Sitzfläche, und wartet. Sie vollführt weiter ihre millimetergenau abgezirkelten Bewegungen, die Körper berühren sich nicht, so entspricht es den Vorschriften. Ich sehe einen Aufpasser im schwarzen Anzug, Knopf im Ohr, der zwischen den Tischen umhergeht und darauf achtet, dass keine Hand sich auf Abwege begibt. Sie beugt sich vor und flüstert ihm etwas ins Ohr. Ich wäre bereit, dieselben Qualen zu erdulden wie der Dicke, um zu erfahren, was sie ihm sagt. «Komm, wir gehen.» – «Wieso? Willst du nicht? Die Kleine da?» – «Ich warte draußen.» Mir ist schwindelig, ich muss mich am Geländer festklammern, damit ich auf der Treppe nicht stürze. Der Rausschmeißer hält mir die Tür auf, in seinen stumpfen Augen lese ich: «Wie kann man sich nur so zurichten.» Mir ist übel, ich bin wild vor Wut. Stanislas kommt ein paar Minuten später heraus, bestens gelaunt. «Ja, was denn? Macht einen auf emanzipierte Frau, aber wenn es darum geht, sich ein bisschen zu vergnügen, ist davon keine Rede mehr?» Ich würde ihn am liebsten zerfleischen. «Wer sagt das? Der Impotente vom Dienst? Das kommt dir wohl gerade recht, wenn ein Mädchen mit fünfzehn Zentimeter Abstand über dir mit dem Hintern wackelt, das ist wenigsten hygienisch.» Er zuckt mit den Schultern. «Ich wollte dir einen Gefallen tun, ich dachte, du magst Frauen.» – «Klar mag ich Frauen, ich mag Sex, aber dieser Lap Dance, das ist doch ein Scheißspiel, das ist kein Sex, sondern Disneyland, alles hübsch sauber, alles künstlich, aus Pappmaché, die Frauen tun ja nicht mal so, als ob ihnen das Spaß machen würde, die finden das genauso widerlich wie ich! Was soll das für ein Spaß sein, wenn sie sieben Minuten lang nach Stoppuhr über deinem Hosenschlitz rumturnt, ohne dass du sie anfassen darfst? Eine Stunde mit einer Hure hättest du mir ausgeben sollen, mit einer echten, mit Haut und Schweiß, da hättest du sehen können, dass ich Frauen mag, und wie!» Ich schreie herum wie eine Säuferin, er hält sich leicht schwankend an einem Laternenpfahl fest. Ich breche in Schluchzen aus: «Wie kannst du mir mit einem Lap Dance kommen, wo du mich seit drei … drei Monaten …», ich komme ins Stottern, «wo wir so lange nicht mehr miteinander geschlafen haben?» Stanislas' Augen sind woanders, starr auf einen Punkt auf dem Bürgersteig gerichtet. «Mir ist nicht gut. Ist es weit zum Hotel?» Ich gehe zu ihm und schiebe die Schulter unter seine Achsel. «Stütz dich auf mich.» Er ist schwer, er legt den Kopf an meinen. «Ist es weit zum Hotel, Liebes? Mir ist nicht gut.»

Zwei unglückliche Betrunkene taumeln im Zickzack durch die Nacht von New Orleans; alles – die auf der Straße tanzenden Leute, die fröhliche Stimmung, die Touristen, die lachend umherschlendern und aus den Jazzbars quellen – alles zeigt ihnen, wie traurig sie sind.

# 32

Die Straße führt durchs Grüne. Mir ist immer noch kotzübel. Wir sind um acht Uhr morgens abgereist, die Spuren von unserem Erbrochenen klebten noch im Badezimmer. Der Natchez Trace Parkway ist 277 Kilometer lang. Er fängt in Mississippi an und endet in Tennessee, die schönste Strecke auf unserer Reise. An sie habe ich die heitersten, gelassensten Erinnerungen.

Ich höre den Song «Happy Ending» von Mika, in dem es darum geht, dass es keine glückliche Liebe gibt. Die Straße liegt gewunden vor uns, die Wiesen strotzen grün, die majestätischen Bäume glitzern. Ihre Äste hängen über die Kurven. Die sanfte Klaviermusik entspannt mich. Ich sitze hinter dem Steuer, Stanislas rechts von mir schläft wie ein zufriedenes Kind. Den Mund leicht geöffnet, die Haartolle über dem Auge. Seine kleinen Augen, die langen, geraden und hellen Wimpern. Er ist blass. Das Verdeck des Cabriolets ist geöffnet, ich fahre mit konstanter Geschwindigkeit. Es ist noch früh, wir sind allein auf der Straße. Ich lasse meine Gedanken schweifen. Ich behüte den Mann, der an meiner Seite schläft, den Kopf nach hinten geneigt. Ich höre der Stimme zu und fühle mich wohl. Der Wagen ist ein Flugzeug, wir fliegen in den Himmel. Stanislas hat den Sitz nach hinten geneigt, er verlässt sich auf mich, lässt sich gehen, hat endlich Vertrauen. Ich habe mich gestern um ihn gekümmert, ihn ins Hotel gebracht, er weiß, er kann sich auf mich stützen, ich bin keine böse Frau, nicht wie damals, als er in London krank war. Gestern Abend hat er mich gebraucht, im Handumdrehen war ich nüchtern, um ihm zu helfen. Eigentlich war ich wütend in meinem Suff, voller Groll, hätte ihm am liebsten wieder einmal all meine Vorwürfe ins Gesicht gespien, all mein schlechtes Gewissen, aber ich habe getan, was ich zu tun hatte, habe uns nicht weiter angeödet und belogen, sondern habe die Schulter unter seine Achsel geschoben und bin für ihn da gewesen. Und weil am Morgen danach die Straße wartete und wir ja schließlich weiterkommen müssen, habe ich das Lenkrad übernommen, und er kann schlafen. Er ist schön von der Seite gesehen. So friedlich. Ich fahre über die leere Straße, es ist, als herrschte Friede auf Erden. Ich ertappe mich bei der Hoffnung, ich würde mich noch im hohen Alter an diese Landschaft erinnern. Ich stelle mir vor, wie ich dasitze, weißhaarig und faltig, eine Katze auf dem Schoß, wie ich dann die Augen schließe und uns vor mir sehe, Stanislas und mich, so jung und so gequält, das Herz in Trümmern, und diese Straße, die uns Frieden gab.

Stanislas atmet ein und aus, seine rosigen Lippen heben und senken sich gleichmäßig über seinen reglosen Zähnen. Er lebt. Der Sänger singt mit sehr hoher Stimme, wie ein Sängerknabe. Die Straße windet sich, sie hat kein Ende, an ihrem Rand stehen Trauerweiden. Ich werde Stanislas verlassen. Wir werden uns trennen und Freunde bleiben. Er wird mich immer anrufen und um alles bitten können, was er will. Ich verdanke ihm so viel. Als ich ihm wiederbegegnet bin, glaubte ich nicht mehr an die Liebe, und Stanislas hat mich geheilt, hat mir neue Energie gegeben. Jetzt bin ich bereit weiterzufliegen, aber meine Flügel verdanke ich ihm. Und mir wird klar, dass in jedem Flügelschlag etwas von ihm liegen wird.

# 33

Wir besuchen den Friedhof der Konföderierten, wandern zwischen den Gräbern von fünftausend Soldaten umher, die am 30. November 1864 in der Schlacht von Franklin gefallen sind. Wir sind allein, Stille herrscht. Stanislas ist ergriffen.

«Wo willst du begraben werden?»

«Natürlich in Lothringen, der Heimat meiner Vorfahren.»

Stanislas ist Pariser, gefällt sich aber in der Vorstellung, er hätte Wurzeln in einem kleinen Dorf auf dem Lande. Mehrmals schon habe ich ihn in flagranti bei verschiedenen Mythenbildungen ertappt. Vor mir tat er das aber nicht. Seine Armbanduhr zum Beispiel, ein altmodisches, aber recht edles Modell mit bordeauxrotem Armband und golden hinterlegtem Zifferblatt, hatte er für sein erstes Gehalt in einem Antiquitätenladen gekauft, erzählte aber herum, sein Urgroßvater, der sie selbst von seinem Vater geerbt habe, hätte sie ihm zu seinem Achtzehnten geschenkt. Er konnte sich damals noch keine Rolex oder Cartier leisten, also dachte er nach und kam zu dem Schluss, ein altes Stück zusammen mit einer rührseligen Geschichte würde ebenso gut passen.

Vergilbter Spätsommerrasen bildet ein Schachbrett zwischen den Reihen der Grabsteine, auf manchen stehen Namen, auf anderen haften nur ein paar Flechten oder Moos.

«Und wenn der Sarg herabgelassen wird, sollen zehn weiß behandschuhte Soldaten Salut schießen.»

«Das kannst du leider vergessen.»

«Warum?»

«Soviel ich weiß, bist du kein Veteran aus dem Vietnamkrieg …»

«Ach komm, Liebes, ein bisschen Phantasie, dann engagierst du eben einfach ein paar Statisten.»

«Darf's dann vielleicht noch eine amerikanische Fahne und ein Soldat sein, der Trompete spielt, wo wir schon dabei sind?»

«Darum hab ich mich nicht zu bitten getraut.»

«Das kriegst du auch nicht.»

Er denkt kurz nach.

«Dann sollen mich zehn schwarze Limousinen zum Friedhof bringen, und ein Sinfonieorchester soll die Musik aus dem *Paten* spielen.»

«Aber das wird für die Leute in deinem Dorf der Schock ihres Lebens! Sie werden denken, dieser Trader hat Geldwäsche betrieben.»

Seine Augen funkeln großartig voll Hinterlist.

«Genau, dann haben sie den ganzen Winter über was zu reden. Die Winter sind lang in Lothringen, musst du wissen.»

In der sanften Morgenluft gehen wir langsam zwischen den Steinen lang.

«Und du?»

«Ich? Ich vermache meinen Körper ganz einfach der Wissenschaft.»

«Aber du weißt, dann sezieren dich die Medizinstudenten, und du landest zerfleischt im Mülleimer. Das Gemetzel organisiere ich nicht, das kannst du vergessen.»

«Ach, ich soll Limousinen mit getönten Scheiben besorgen und ein ganzes Orchester dazu, und du tust gar nichts?»

«Ich sterbe sowieso vor dir.»

«Woher willst du das wissen?»

«Du weißt doch sonst immer alles, du kleine Hexe, ich sterbe jung.»

Ich zucke mit den Schultern. «Pfff … das sagst du immer.»

«Und?»

«Wie und?»

«Versprichst du mir die Limousinen und die Musik aus dem *Paten*?»

Und ich versprach es ihm.

# 34

Die wilde, blaue Straße führt an einem Fluss entlang, dann schlängelt sie sich zwischen grünen Gipfeln hindurch. Quer durch den Great-Smoky-Mountains-Nationalpark führt der Appalachian Trail. Sein Name klingt wie eine Verheißung von Indianern und Davy Crockett, von Grizzlys und hundertjährigen Kiefern.

Wir unterhalten uns über schlimme Kindheitserlebnisse. Stanislas erzählt, wie er sich in der vierten Klasse unsterblich in ein Mädchen verliebte, das sich im Musikunterricht über ihn lustig machte, weil er nicht Flöte spielen konnte.

«Das war deine erste Liebe? Ein grausames Mädchen?»

«Nein, meine erste Liebe war noch viel grausamer. Sie hieß Camille, und sie brach mir das Herz.»

«Hast du sie jemals wiedergesehen?»

«Nein, nie.»

«Glaubst du wirklich, diese Camille ist ganz und gar verschwunden?»

«Ich weiß nur, dass sie den Stanislas, der ich vor unserer Begegnung war, umgebracht hat. Du bist immer noch eine grausame Frau, Liebes, aber mir kannst du nichts mehr anhaben, deine Krallen gleiten an mir ab.»

Die Berge in der Ferne wurden lavendelfarben.

«Es tut mir leid, dass ich dir weh getan habe.»

«Das habe ich dir längst verziehen, spätestens an dem Tag, als ich dich gefragt habe, ob du zu mir nach London ziehen willst. Ich weiß noch, wie ich in der Waterloo Station auf dich gewartet habe. Du bist als Allerletzte aus dem Eurostar ausgestiegen.»

«Weil ich so viel Gepäck hatte.»

«Ja, du warst die Letzte, ich dachte schon, du hättest dein Versprechen nicht gehalten, dir wäre klargeworden, dass du mich doch nicht liebst, und hättest den Zug wegfahren lassen. Und dann habe ich dich gesehen. Da warst du, mit all diesen Koffern, und wir würden zusammenleben.»

«Ja.»

«Du hast mich sehr glücklich gemacht, es gibt nichts zu bereuen, Liebes.»

Die blaue Straße verschwimmt.

«Du mich auch.»

Und alle Smoky Mountains fangen an zu tanzen.

# 35

Ich lerne, dass Schmerz und Trauer kein geradlinig an- und abschwellender Prozess sind, sondern wellenförmig, mit Spitzen, Tälern und Spritzern.

Meine Gedanken sind furchtbar düster. Virginia Beach ist der hässlichste Badeort, den ich je gesehen habe. Die Küste ist mit Hotels zubetoniert, der Atlantik grau. Stanislas will trotzdem baden, genau wie im Pazifik. «Wir haben es geschafft, Liebes! Wir haben den Kontinent durchquert!» Aber mir fehlt die Kraft, ihm zu Gefallen mitzukommen, und so geht er allein schwimmen. Ich sehe mich, wie ich weine, überall weine, in Los Angeles und Las Vegas, in Texas und New Orleans, wir haben es geschafft, wir sind quer durch die Vereinigten Staaten gereist, und ich habe auf dem gesamten Weg geweint. Eine schöne Reise voll seelischer Folter. Ich lege mich auf das Bett und versinke in einem Albtraum. Ein Mann tritt auf mich zu, er zieht einen Brief aus dem Ärmel. Der Umschlag ist mit rotem Wachs versiegelt. Ich habe Angst, dass Stanislas ihn mir wegnimmt, und verstecke ihn in meinem Slip, doch dann beginne ich zu bluten. Das Blut durchtränkt den Brief, ich werde nie erfahren, was darin stand. Stanislas kommt vom Schwimmen und weckt mich behutsam. «Komm, wir fahren weiter!» Unsere Etappen werden kürzer, wir sind zu Nomaden geworden.

Stanislas nimmt meine Hand. Was wird er mir fehlen.

Wir fuhren über den Potomac River. Wieder einmal genoss ich den Klang eines Ortsnamens. Washington ist derart oft in Katastrophenfilmen mit Special Effects gezeigt worden, dass man unwillkürlich auf der Hut ist, wenn man vor dem unversehrten Weißen Haus steht oder dem noch nicht von einer Atombombe getroffenen Capitol oder dem Pentagon ohne den geringsten Schatten einer fliegenden Untertasse. Wir essen in dem bei der Kulturschickeria beliebten Viertel Georgetown, dem Pendant zum Londoner Notting Hill. Ich wohne zwar schon seit drei Jahren mit Stanislas in London, aber Notting Hill ist immer noch fest mit meinen Jugenderinnerungen verbunden, als ich Hand in Hand mit Marie und Alexandra durch die Straßen ging und die Secondhandshops durchstöberte, die mittlerweile durch von Chinesen geführte Markenläden ersetzt sind. Das war das Jahr unseres Abiturs, dasselbe Jahr, in dem ein Junge namens Stanislas, den meine Freundinnen und ich untereinander herablassend *Haartolle* nannten, mich zum ersten Mal geküsst hatte.

Der Mann, der hier in Georgetown beim Abendessen vor mir sitzt, hat nichts mehr von der Spontanität des Jungen an sich, der vor zehn Jahren seiner Freundin traurige Liebeslieder vorgesungen hat. Die Sommergäste in den Straßen von Cannes, Stanislas' Hand, die Kraft seines Kusses, unsere Jugend. Der Kellner kommt an unseren Tisch.

«Ein Glas Rotwein bitte, egal welchen.»

«Nimm Merlot, du magst doch Merlot.»

«Ach ja?»

Was wird er mir fehlen.

# 36

Das ist das letzte Mal, dass wir in einem Bett schlafen. Vor drei Jahren hat hier in New York unsere Liebesgeschichte begonnen.

Stanislas weiß vielleicht, dass es das letzte Mal ist, denke ich. Er lädt mich in sein liebstes russisches Restaurant ein. *Sa wasche sdarowje!*

Wodka-Pfeffer, Wodka-Pflaume oder Wodka-Chili, Wodka-Koriander oder Wodka-Erdbeer. Eine lange Reihe Flaschen auf dem Tresen. Der Barkeeper bringt uns zwei kleine Gläser, und der Tanz beginnt. Hier wird der Wodka lauwarm in kleinen Fläschchen serviert, und man trinkt ihn auf ex. Der Alkohol brennt mir auf den Lippen und wärmt mich von innen. Ich habe Durst. Stanislas bestellt in Öl eingelegten Hering, dazu Kartoffeln, die auf der Zunge zergehen, und süße Zwiebeln. Man bringt uns zwei neue Gläser. «Auf deine Gesundheit, Liebes!» Eine Hitzewelle umhüllt mich. Ein Feuer in meinem Bauch. Heute Abend will ich mir ordentlich einheizen. Wir essen Pelmeni, Teigtäschchen mit Fleischfüllung in einer mit Dill aromatisierten Brühe. Der Kellner bringt eine neue Flasche. «Auf unsere Reise!» – «Auf unsere Jugend!» – «Auf die Volatilität!» – «Auf den Gott Dollar!» – «Auf die große Literatur!» – «Auf schöne Autos!» – «Auf leichte Mädchen!» – «Und auf die Abschaffung der Steuern!» Langsam fühle ich mich schweben, es ist nett in dieser Bar, der Wirt kommt uns begrüßen. Ein emigrierter Russe, er kennt Stanislas aus dessen erster Zeit in New York, er hat gesehen, wie unsere Augen funkeln, sie glitzern vor Übermut. Er weist den Kellner auf eine Flasche von seinem Besten hin. «Auf die Liebe, Kinder!» Und die großen Kinder werfen den Kopf in den Nacken und lassen sich die glühende Flüssigkeit die Kehle hinunterlaufen. Jetzt kommen eisgekühlter Kaviar und warme Blinis. Heute Abend versagen wir uns nichts. Der Wirt kommt in Fahrt, er zitiert Paul Valéry und Baudelaire: «Man muss immerzu trunken sein, das ist alles, das ist das einzig Wichtige. Um die schreckliche Bürde der Zeit nicht zu spüren, die eure Schultern zerbricht und euch zu Boden drückt, müsst ihr euch berauschen, unausgesetzt. Doch woran? An Wein, an Dichtung, an Tugend, ganz wie ihr wollt, doch berauscht euch!» Ich sage ihm, wie sehr ich Baudelaire und Samjatin bewundere. Stanislas betrachtet uns lächelnd durch sein Glas. «Du bist schön, Liebes!» – «Ja, deine Frau ist schön, du solltest sie heiraten!» – «Das würde ich ja tun, aber sie ist nicht für mich bestimmt. *Wasche sdarowje!*» – «*Wasche sdarowje!*»

Nach dem Essen wandern wir durch das nächtliche New York. Stanislas nimmt mich bei der Hand. Ich erinnere mich daran, wie weich seine Haut war, an ihre etwas raue, runzlige Oberfläche wie bei jemandem, der zu lange im Wasser war. Er geht mit mir in den *Hogs & Heifers Saloon*, wo die weiblichen Gäste auf dem Tresen tanzen dürfen, wenn sie ihren BH weggeben, und die Tausenden Büstenhalter an den Wänden zeugen davon, wie viele darauf eingehen. Die Atmosphäre ist gesättigt von Bierdunst, Gelächter und hysterischem Geschrei. Zwei auf texanische Art gekleidete Kellnerinnen vollführen auf der Bar einen *Two Step*, sie stampfen mit den Absätzen ihrer Stiefel auf und schlagen sich auf die Hinterbacken, die Menge johlt «jiiihaaaaaaa!», Stanislas fasst mich um die Taille und hebt mich hoch. «Bitte, mach das für mich auch!» Er setzt mich auf die Bar, ich stemme mich hoch und tanze auf einmal mit den tobenden jungen Frauen mit. Der Kellner verlangt meinen BH, ich zeige ihm, dass ich keinen trage, und er macht große Augen. «Ah! Those French girls!» Stanislas lacht sich fast tot. Ich wackele mit den Hüften und singe die Wörter eines Songs mit, den ich nicht kenne, für Stanislas tanze ich, so gut ich kann, der Tresen ist schmal, ich stecke zwischen einer dicken Brünetten und einer kleinen Blondine fest wie in einem Sandwich. Ich tanze, damit Stanislas niemanden sieht als mich. Ich tanze für ihn, ein letztes Mal. Wir haben ein paar Bier getrunken, aber Stanislas findet das Lokal nicht schick genug für uns. «Manhattan Baby!» Er schleppt mich in ein Lokal namens *Buddakan* zwei Straßen weiter. Eine stillgelegte Fabrik, Backsteinwände und großartige Kerzenleuchter, Bänke mit Bezug aus veilchenfarbenem Samt, ein Riesenbuddha wacht über die Gäste, die Cocktails mit exotisch klingenden Namen trinken. Die schönen Frauen wiegen die Köpfe, dass ihre Föhnfrisuren wippen, die à la James Bond gekleideten Männer bestellen Martinis, aus ihren Augen blitzen Unverfrorenheit und Geld. Ich bin es mir schuldig, lasziv aufzutreten, und ich tue es, schlage die Beine mal so, mal so übereinander, blicke katzenhaft unter meinen Wimpern hindurch, und Stanislas in seinem Sessel lächelt zufrieden bei der Vorstellung, der Eigentümer dieser Puppe zu sein. Wir müssen unseren Absturz flamboyant feiern, er bestellt zwei B-52. Zerschellende Flugzeuge. Die kleinen dunklen Gläser erscheinen, der Kellner holt sein Feuerzeug heraus und zündet sie an, wir müssen rasch trinken, bevor die Plastik-Strohhalme schmelzen, rasch trinken, möglichst viel Alkohol inhalieren, damit sich der Kopf dreht, damit uns die Spirale des Schwindels aufsaugt und wir die Kontrolle verlieren, damit wir mitten im Flug umkommen.

Ich weiß nicht mehr, wie spät es war, als wir aus dieser Bar kamen, ich weiß nur, dass wir nicht betrunken waren, wir hielten uns wacker, wir waren nicht müde. Und wir wollten noch nicht ins Bett gehen. So wanderten wir durch New York. Wir liebten uns nicht mehr, wir waren noch nicht getrennt, wir hatten drei Jahre zusammen gelebt, waren viel gereist, hatten viel Liebe gemacht und niemals Pläne. Wir hatten viel gelacht, viel verzockt, hatten mächtig angegeben, in den teuersten Restaurants von London Pasta mit weißen Trüffeln gegessen, aber auch Spaghetti mit Tomatensauce, in unser «Boot» gekuschelt vor Jack Bauer, der die Welt vor einer nuklearen Bedrohung rettete. Und hatten uns wohlgefühlt. Wir wanderten durch New York, wir wussten nicht, wie spät es war, es kam uns zupass, dass diese Stadt nie schläft. Im East Village kehrten wir ein, um *Okonomiyaki* zu futtern. Du sagtest, wir bräuchten eine ordentliche Grundlage, um durchmachen zu können.

Erst einmal gingen wir weiter, langsam wurde es hell, ein neuer Tag für uns beide, an dem wir Abenteuer und Liebe suchen würden, ein Tag, an dem es uns nicht mehr erlaubt sein würde, uns zu küssen. Wir gingen eine Straße nach der anderen entlang, irgendwann gelangten wir zu unserem Hotel. Ich erinnere mich an den roten Teppichboden, den Brokatstoff, mit dem die Wände bespannt waren, an das golden funkelnde Licht der Wandleuchten. An das kochend heiße Duschwasser, den beschlagenen Spiegel und den dicken, starren weißen Bademantel. Ich erinnere mich, wie müde ich war, als ich mich auf das riesige Bett sinken ließ. Ich erinnere mich an dich, an den typischen Duft der Seife, die man in allen Luxushotels findet, an deine feuchten Haare und daran, wie du sie nach hinten gekämmt hattest, um auszusehen wie ein Dandy aus den Zwanzigern. Es wurde hell, aber du hattest noch etwas vor. Ganz sacht, ohne ein Wort, löstest du den Gürtel meines Bademantels und ließest deine Hände daruntergleiten. Langsame Bewegungen, dein Körper strahlte eine Sanftheit aus, vor allem aber eine Kraft, die ich von dir nicht kannte. Du griffst meine Handgelenke, du ließest den Blick nicht von mir, die ganze Zeit nicht.

Am nächsten Tag auf dem Weg zum Flughafen sagtest du, dir wäre es vorgekommen, als hätten wir zum ersten Mal miteinander geschlafen. Ich antwortete, es sei noch merkwürdiger, für mich sei es so verwirrend, ja schmerzhaft gewesen wie überhaupt das allererste Mal. Dieses allererste Mal, das du dir mit achtzehn so gewünscht hattest und das ich einem anderen schenkte. Ich grausames, kopfloses, durchgedrehtes Kind. Während der Tag über New York dämmerte, sprachen unsere Körper zum letzten Mal miteinander, und doch war es, als wagten sie gerade erst, die allerersten Worte zu stammeln.

# 37

Es hilft nichts, dass ich frohgemut auf den Durchgang mit dem Schild «Nichts zu verzollen» zugehe, schon von weitem hat mich ein kleiner Uniformierter erspäht. Zugegeben, Sams Schädel, in unzählige Schichten Noppenfolie gehüllt, mit den beiderseits herausspitzenden Hörnern, ist tatsächlich nicht so ohne weiteres zu identifizieren. Keine Chance, dem Beamten zu entgehen. Er zielt mit dem Finger auf mich: «Miss!» Ich lächele zähnebleckend und werfe Stanislas einen kurzen Blick zu, er soll wissen, dass ich mich um alles kümmere. Er hat es schon gesehen und ist ganz gelassen. Wir kennen uns hinlänglich, er hat schon öfter zugesehen, wie bravourös ich Autoritäten um den Finger wickele. Man bittet mich in einen Nebenraum, und die Uniform fordert mich auf, meinen Schatz auszupacken. Die große Nummer kann beginnen, ich lasse mir alle Zeit der Welt, das Klebeband klebt, die Folie ist allzu verwickelt, «Hätten Sie vielleicht eine Schere für mich? Ach, sehr freundlich, danke», ich bin die sympathischste junge Frau, mit der sie seit langem zu tun hatten. «Was für ein interessanter Beruf, Sie können sicher die verrücktesten Geschichten erzählen!», «Ja, ein texanischer Rinderschädel, Sie werden gleich sehen, wie großartig der ist!» Seine Kollegen kommen hinzu, und wir beginnen ein Fachgespräch über Rinder, aber die Uniform ist nicht zu erweichen, Sam darf nicht durch. Ohne

Sondergenehmigung dürfen keine Tiere oder Tierteile importiert werden, weder tot noch lebendig. «Aber wieso denn? Aber das habe ich nicht gewusst! Aber das ist doch verrückt! Kann ich wohl mit Ihrem Vorgesetzten reden?» Nach dem Vorgesetzten verlange ich nie in dem Ton von «Jemand Wichtigeren als du, du hast ja keine Ahnung», sondern der Schlüssel meines Erfolges besteht darin, dass ich mich auf die Seite des Untergebenen schlage. Dieser hört aus meinem Tonfall heraus: «Ich weiß, Sie würden mir ja gern helfen, aber Ihre dumme Hierarchie steht zwischen uns, ich werd mal versuchen, die stupiden Häuptlinge zu überreden, dann bekommen Sie keinen Ärger.» Und wenn der Chef dann da ist, stecke ich ihn in die Tasche, indem ich ihn für seine hohe Position bewundere. Wenn ich freundlich bleibe und unterwürfig lächele, funktioniert das in aller Regel.

«Bitte, das können Sie mir nicht antun, ich bin mit diesem Schädel quer durch die Vereinigten Staaten gereist, er hat sogar einen Namen! Er heißt Sam! Schauen Sie doch, wie entzückend er ist. Und er ist vollkommen keimfrei, ich bitte Sie!» Ich drücke Sams halb zahnlosen Schädel an mein Herz. Der Chef steht da, die Hände hinter dem Rücken verschränkt, auch er nicht zu erweichen. Ich sage nichts mehr. Man muss auch zu schweigen wissen. Ruhe bewahren, damit das Gegenüber sich nicht bedrängt fühlt. Nach einer langen Pause wiegt er nachdenklich den Kopf. «Vielleicht … vielleicht …» Ich hänge an seinen Lippen. «Vielleicht liegt hier ja ein Irrtum unsererseits vor. Der Gegenstand ist aus Plastik, nicht wahr?» – «Nein, nein, das ist kein Plastik, das ist Knochen und Horn.» Der Zöllner blickt mir tiefernst in die Augen. «Aha, also tatsächlich Plastik!» Endlich dämmert mir, worauf er hinauswill. Ich stottere: «Äh, j-ja, freilich, eine Art Plastik, natürlich!» – «Gut. Wenn das so ist, sehen meine Kollegen und ich keinen Grund, Sie nicht damit einreisen zu lassen.» Ich liebe die Engländer.

# 38

In dem Moment, als ich den Schlüssel ins Schloss steckte, brach ich in Tränen aus. Die Lampions im Flur fingen an zu wanken, die Schmetterlinge, die ich in einem anderen Leben an die Wand gemalt hatte, wirkten leblos. Meine dumpfen Schritte auf dem Teppichboden, links die Schlafzimmertür, wieder in diesem Bett schlafen, wieder anfangen, London, allein mit Stanislas in dieser Wohnung, wie lang noch? Ohne Ziel, ohne Träume, ohne Pläne, wozu? Ich nahm das Bild von der roten Wohnzimmerwand ab und hängte Sam auf. Ich war zu Tode erschöpft und matt. Vollkommen kraftlos. Stanislas wandte sich zu mir um und sagte: «Ich glaube, du solltest zu deiner Mutter fahren … für eine Weile.» Er nahm sein Telefon und rief ein Taxi.

So lief es ab.

Ich packte nicht einmal den Koffer aus, sondern brach direkt wieder auf. Er begleitete mich bis an den Schalter in der Waterloo Station, er bezahlte meine Fahrkarte, dann küsste er mich behutsam auf die Wange. Ich ging durch den Zoll, er blieb hinter der Glasscheibe stehen, sah mir nach. Genau wie im Film, genau wie in den schlechten Liebesfilmen, die ich zu Hunderten gesehen hatte. Da steht sie mit ihren Taschen und Koffern. Gleich trennen sie sich für immer. Der Zug wird die junge Frau auf die andere Seite des Meeres bringen. Auf einmal besinnt sie sich, wie können sie nur so dumm sein, er ist doch der Mann ihres Lebens! Sie rennt los, stürmt durch die Zollschranken, an der Passkontrolle vorbei, die Beamten rufen ihr nach: «Moment! Das dürfen Sie nicht! Halt!» Nein, besser noch, er ist es, der begreift. Wenn er sie jetzt gehen lässt, sieht er sie nie mehr wieder. Er wirft sich nach vorn, springt über das aufgestapelte Gepäck, durch die Türen, die lospiepsen, er rennt, was er nur kann, fasst sie am Ärmel, als sie gerade die Stufen zum Waggon betreten will, und sie dreht sich zu ihm um und lächelt. Sie küssen sich wie zwei Ertrinkende. Die Filmmusik verspricht, dass sie fortan nie wieder zweifeln werden und eine gemeinsame Zukunft erbauen. Doch nein, Stanislas bleibt hinter der Scheibe stehen und sie auf dem Bahnsteig, und in diesem Moment denken sie beide dasselbe: Das Leben ist kein Liebesfilm. Sie haben den ersten Schritt zur Trennung getan, jenen berühmten angelsächsischen «break», dies «erst einmal», das für immer ist.

Aus dem Wartebereich rief ich meine Mutter an und bat sie, mich an der Gare du Nord abzuholen. Sie sagte: «Ruf mich vor allem an, falls der Zug Verspätung hat!» Der Zug fuhr pünktlich, ich stieg ein, ich fuhr nach Paris zurück.

# *Dritter Teil*

Es sei wer von einer fröhlichen Tafel abgerufen worden,
und am anderen Tag habe der Abgerufene gefragt,
wie's denn nachher gewesen sei. Da habe man ihm
geantwortet: «Ach, es war noch allerlei;
aber eigentlich haben Sie nichts versäumt.»

*Theodor Fontane, Effie Briest*

# 39

An mir zerren die widersprüchlichsten Gefühle, aber ich erlebe alles glasklar: Schmerz, Euphorie, Zweifel, Gewissheiten, Traurigkeit, Erleichterung, Traurigkeit, Erleichterung. Diese Trennung drückt sich körperlich aus, ich habe alle Symptome, Appetitlosigkeit, Übelkeit, Herzbeklemmungen, Erstickungsgefühle, Hitzewallungen. Ich erinnere mich an die plötzliche Freude, wenn mir meine neugewonnene Freiheit wieder bewusst wurde. Ich füllte meine Lungen mit Luft, und dann wieder war ich so matt, dass ich kaum aufstehen konnte. Manchmal fühlten sich meine Glieder steif an, fast wie gelähmt. Oder ich hatte das Bedürfnis zu gehen, schnell zu gehen, und lief fieberhaft durch die Stadt. Mal schlief ich bleischwer, mal war an Schlaf nicht zu denken. Und während all der Zeit beobachtete seltsamerweise mein Geist das Schauspiel meines gepeinigten Körpers, ganz wie in jenen von Psychologen beschriebenen außerkörperlichen Erfahrungen. Ich konnte ganz und gar luzide und ruhig arbeiten, schreiben und Reden halten oder mit meiner Familie lachen, wie losgelöst von den extremen Emotionen, mit denen mein Körper zu kämpfen hatte. Ohne den blassen Schimmer einer Ahnung, was aus mir werden sollte. Dabei handelte ich rational, benahm mich sozial korrekt. Ich war zugleich Boot und Steuermann, die Wogen, die an meinen Rumpf schlugen, hinderten mich nicht daran, das Ruder mit all dem dazugehörenden Ernst zu halten. Mit geradem Rücken und ohne jede Orientierung.

Ich schlafe wieder in meinem Jungmädchenbett. Habe all meine Freundinnen angerufen, damit sie mich moralisch unterstützen. Stanislas und ich sind nicht offiziell getrennt, «ich bin für eine Zeitlang in Paris», so lautet die Formel. Wir telefonieren jeden Tag. Sanft und freundlich schildere ich ihm, was ich so mache, und er mir, wie er seine Zeit verbringt, aber ich nenne ihn nicht mehr «Liebster» und er mich nicht mehr *«Prinzessin»*, sondern die Vornamen sind an die Stelle getreten und besiegeln unsere Sätze. Die drei «s» von Stanislas zischen ebenso, wie das «Ca» von Camille knallt. Unsere Gespräche sind durchsetzt von unwesentlichen Alltagsdetails. Fast, als würden wir uns abends sehen, nur dass ich ihn nicht frage, was er dann essen möchte. Über meine Rückkehr zu reden vermeiden wir. Ich mag da auch keine Aussage machen. Und eines Abends sagt er: «Wir müssen dann mal das Organisatorische angehen.» Er redet über Geschirr, über Slips, die zu viel Platz in der Schublade einnehmen. Nichts ist so materialistisch wie eine Trennung.

Also kauft er Kartons, legt meine Pullover zusammen, stapelt meine Schuhe, wickelt mein blaues japanisches Porzellangeschirr in Zeitungspapier und packt Bücher in die Kartons. Dann schickt er eine Mail, alles sei so weit fertig, ich bräuchte meinen Krempel nur noch abzuholen. Eine rein organisatorische Mail, ohne gereizte Zwischentöne, aber mit korrekter Zeichensetzung. Ich miete einen Transporter und tue wie mir geheißen, hole alles ab. Mir fällt die

Scheidungsformel ein, die im alten Rom gebräuchlich war. Es musste nur einer der Gatten die Worte *tuas res tibi habeto* aussprechen, «nimm deine Sachen mit», und die Ehe war aufgelöst. Manchmal antwortete der andere noch *reddas meas*, «gib mir meine wieder».

Als der Transporter fertig beladen war, holte Stanislas eine Flasche Champagner heraus, um den Anlass würdig zu begehen. Ich fand das sentimental, er trieb es etwas weit mit der Großherzigkeit. Paris–London, dann London–Paris. Alles an einem Tag. Ohne Geschrei, ohne Tränen. Aber die Blasen des Champagners brachte ich einfach nicht hinunter.

# 40

Ich rief meine frühere Chefin an, die mir ab der Folgewoche Arbeit gab. Mein Verleger trieb eine kleine Wohnung im Marais auf, wo ich meine Kartons auspacken konnte. Meine Bücher stellte ich in neue Billy-Regale, und dann fing mein neues Leben an. Das, von dem ich in London geträumt hatte, das Leben einer unabhängigen, freien Pariserin. Abendeinladungen, neue Freunde, Partys, Liebe. Ich hatte den Mann aufgetrieben, der in einer Nacht siebenmal mit mir geschlafen hatte, er wohnte in Genf, wir sahen uns an den Wochenenden. So ging eine Geschichte zu Ende und begann eine neue, größere, schönere.

Stanislas und ich halten weiterhin Kontakt. Ich bin sehr diskret, was mein Liebesleben angeht, er seinerseits genauso. Allmählich wird mir bewusst, was ich verloren habe, mehr als seine Nähe, als den warmen Körper, an den ich mich im Bett anschmiegen konnte, mehr als den Tee, den er mir jeden Morgen brachte. Mit bloßen Füßen auf den kalten Fliesen meiner winzigen Küche, begreife ich, dass ich ohne ihn werde weitermachen, mich auch gedanklich werde trennen müssen. Ohne das ganz enorme Privileg zu wissen, wo der andere gerade ist, was er genau jetzt oder heute Abend oder morgen früh macht, ohne ihn jederzeit erreichen und nach Wie, Was und Wann fragen zu können. Sein Leben in allen

Einzelheiten zu kennen, ist mir jetzt verwehrt. Ich werde weiterhin den großen Linien seines Lebens folgen können, falls er heiratet oder Kinder kriegt oder falls es ein Abendessen gemeinsamer Freunde gibt. Aber mehr auch nicht.

Eines Morgens bekomme ich eine Mail von ihm: «Camille, wo hast du meine Mütze und den Schal hingetan?» Sie bereitet mir riesiges Vergnügen, sofort sehe ich Stanislas vor mir, wie er wütend die Kommode durchwühlt, die ich in die Nische des Eingangsflurs gestellt hatte. Diese Mail ist der Beweis dafür, dass wir alles geteilt haben. Noch können wir einander solche Lebenszeichen senden, aber nicht mehr sehr lange. Eine andere Mail, von mir an ihn während meines Einzugs: «Danke, dass du meine Teller so liebevoll verpackt hast.» Ich weiß, dass er lächelt, während er das liest. Sein Lächeln fehlt mir. Eines Tages erzählt er mir hinterhältig und genussvoll, dass er mit einer Spanierin geschlafen hat, einer Freundin von Freunden, die wir ein paar Monate zuvor kennengelernt hatten. Ich habe einen Knoten im Bauch, tue aber so, als würde es mich amüsieren. Wenn ich einen Artikel schreibe, frage ich ihn nach seiner Meinung dazu, auch wenn ich seine Anmerkungen nicht berücksichtige; mir gefällt die Vorstellung, dass er ihn als Erster liest, ich dränge ihm das Privileg auf, mein Vertrauter zu sein. Eines Abends trifft mich aus heiterem Himmel die schlagende Erkenntnis, dass wir uns nie hätten trennen dürfen. Mit Stanislas ging es mir doch so gut. Am nächsten Morgen weckt mich eine SMS meiner neuen Liebe. Mit Stanislas ist es ein für alle Mal vorbei, ich bereue nichts.

Ich verachte mich dafür, dass ich mich so schnell wieder

verliebt habe. Hin und wieder befällt mich Zynismus, dann liege ich im Bett und lache höhnisch über den Neuen, mit ihm wird es auch nicht lange halten.

# 41

Nach und nach telefonieren wir seltener, werden die Abstände zwischen den Mails größer, wir sagen nicht mehr «Hab einen schönen Tag», sondern «Pass auf dich auf», das hält für länger.

Ich denke an ihn, dann schüttele ich den Kopf. Noch vor zwei Jahren hätte ich mir nicht vorstellen können, ohne seine Arme um meine Taille zu leben, ohne meinen Kopf an seinen Hals zu schmiegen, ohne seinen Duft zu riechen oder seine Wimpern meine Wange kitzeln zu lassen. Heute zucke ich seufzend mit den Schultern. Vorbei. Ich denke von ferne an ihn. Wenn mir der Sinn danach steht, greife ich zum Telefon.

Stanislas berichtet von einer neuen Leidenschaft, der Fliegerei. Er nimmt Flugstunden und vertieft sich ganze Wochenenden lang in Handbücher und Listen von Abkürzungen, er findet das herrlich. Ich sage: «Ah, Piloten sind doch Riesen-Abschlepper!» Er lacht, ich lege noch einen drauf. «Trader *und* Pilot, du lässt echt nichts aus. Das Klischee auf zwei Beinen!» Er freut sich noch mehr.

Zu seinem Geburtstag schicke ich ihm den ersten Band der Werke von Antoine de Saint-Exupéry in der Pléiade-Ausgabe – *Der Flieger/Südkurier/Nachtflug/Wind, Sand und Sterne.* Ich weiß, er wird nichts davon lesen, aber die Vorstellung, einen Pléiade-Band im Regal stehen zu haben, wird ihm gefallen. Ich lege eine Karte bei: «Manchmal begegnet die Fliegerei der Literatur.»

Unsere Beziehung verwandelt sich zu einer losen Abfolge kleiner Aufmerksamkeiten. Wir schicken einander Witze, Zitate, politische Karikaturen, Links zu Artikeln, die wir nicht lesen werden. Manchmal empfiehlt er mir einen Film, mal auch eine Dokumentation. Ich erinnere mich an den kleinen Jungen mit der Kuh in *Versprich es mir!* von Kusturica, dessen Filme Stanislas liebte, diese verquere Welt, die durchgedrehte Musik, die Typen mit ihren Pistolen, die bei jeder sich bietenden Gelegenheit in der Gegend herumballern. Manchmal sang er unter der Dusche sogar «Pitbull Terrier».

Ich frage mich, wen er jetzt wohl mit seinen großen Theorien beglückt, à la «Weißt du, Liebes, das Leben ist wie ein Zug … wie ein Gewitter … wie ein Sandhaufen», wem er wohl die Finanzwelt oder den Staat erklärt, «Liebes, ich sag dir, es gibt zwei Arten Leute …» Manchmal war das brillant, manchmal idiotisch. Ich frage mich, wen er jetzt wohl mit seinem Durchblick, seinem regen Geist, der Hellsicht beeindrucken will, deren er sich rühmt. Welche Freunde lernen ihn gerade kennen? Nach einer Trennung sucht man sich doch immer ein paar neue Freunde.

Ich denke jeden einzelnen Tag an Stanislas, es ist verrückt. Geht Liebe überhaupt je zu Ende? Genügt es, nicht mehr mit einem Mann leben zu können, damit man dann auch ohne ihn leben kann? Wenn eine Mail von ihm kommt, versetzt es mir einen kleinen Stich im Herzen, bevor ich sie öffne. Nur einen kleinen, dann ist es auch schon wieder vorbei. Unser Tonfall wird immer vertraulicher. Auf «Tschüs, Süße» antworte ich «Danke, Spatzl». Unsere Wörter sind Masken.

Ich bin kurz in London, für eine Signierstunde mit meinem neuen Buch im French Bookshop, und Stanislas geht mit uns Abend essen. Er kommt mir so nett vor. Abends in meinem Bett weine ich, zum ersten Mal seit langem. Mir ist Stanislas' Vater eingefallen mit seiner Geschichte von den Backsteinen und dem Mörtel. Wo ist nur meine Mauer?

# 42

Und dann kam die Nacht, in der Bear Stearns zusammenbrach. März 2008. Wir sind seit sieben Monaten getrennt. Ich war mit Freunden Abend essen, Stanislas hat eine etwas wirre Nachricht auf meinem Anrufbeantworter hinterlassen, seine Stimme klingt erloschen. «Ich hätte wirklich gern mit dir geredet. Na gut, was soll's, lies morgen die Zeitung, dann weißt du, was passiert ist.» Ich rufe ihn zurück, obwohl es so spät ist. Wir haben seit Wochen nicht mehr miteinander gesprochen. Mit gebrochener Stimme, sie klingt ganz fremd, sagt er: «Danke, ich freue mich ganz furchtbar, dass du anrufst.»

Bear Stearns war das fünftgrößte Wertpapierhaus an der Wall Street. Als Pionier in Hypothekendarlehen sind sie von den *Subprimes* und faulen Krediten zu Fall gebracht worden. Vor einem knappen Jahr waren die Aktien des Hauses mehr als 170 Dollar wert; jetzt wird die Bank als erstes Opfer der Finanzkrise von einem größeren Haus übernommen. «Meine Arbeit ist mein Leben, ich habe denen alles gegeben. Du verstehst das. Du weißt, wie hart ich gearbeitet habe, was für Opfer ich gebracht habe.» Ich frage mich, ob er mit Letzterem uns meint. Er ist zutiefst verzweifelt, dreht sich im Kreis, sagt immer wieder dasselbe, wie jemand, der wirklich trauert. «Die Aktien sind nur noch einen Dollar wert, das musst du dir mal vorstellen, die Arschlöcher!» Ich wusste ja, Stanislas'

Boni wurden zum Teil in Aktien ausgezahlt, mit dem Trick wollen die Banken die besten Trader an sich binden. Aber das eigentliche Problem ist kein finanzielles und auch nicht, dass er arbeitslos wird. Eine neue Arbeit findet er im Handumdrehen, und Geld wird er auch wieder machen, er ist jung, er kommt wieder auf die Beine. Das eigentliche Problem ist ein gefühlsmäßiges, er hat diese Bank geliebt wie eine anspruchsvolle Geliebte. Er murmelt zwischen den Zähnen: «Das ist schrecklich, das ist furchtbar, das ist das Ende.» Als würde er von einem echten Menschen reden. Ich höre ihm zu, ich versuche ihn aufzurichten, ich rede ihm gut zu, wie einem kranken Kind, führe die *Titanic* ins Feld, Kapitäne von untergehenden Schiffen und andere Helden, die Geschichte, die großen Börsenkrachs, den Black Monday und den Black Tuesday, von wegen, was uns nicht tötet, macht uns nur härter, man muss von null starten, wieder in den Kampf ziehen können, Soldat. Ich sage, nicht weinen, Kopf hoch, *chin up*, wie die Engländer sagen. Ich weiß doch, er ist ein tapferer Prinz. Vielleicht weiß ich als Einzige, wie stolz er auf seine Arbeit war, wie sehr er an dieser «Bärenbank», wie er sie nannte, hing. Auf jeder Sandbank auf den Malediven, auf jeder griechischen Klippe riefen wir immer «Danke, ihr Bären!», denn wir verdankten Bear alles, das sagte er immer wieder. Ich erinnere mich an unseren fortwährenden Streit, wenn er spät von der Arbeit kam, an meine Vorwürfe, er arbeite zu viel. «Das ist jetzt alles vorbei. Weißt du noch, Stefan, der Luxemburger, mit dem wir zu Abend gegessen haben? Der hat alles verloren. Meine Schuld, aber ich kann nichts dafür. Die Scheißkerle, sie haben uns alle gefickt.»

Vielleicht kann ich als Einzige ermessen, wie umfassend seine Trauer ist. «Ich hab so hart gearbeitet! Weißt du noch?» Ich nenne ihn einen Helden, ein Genie, den jüngsten Manager des fünftgrößten Wertpapierhauses an der Wall Street. «Ich muss ganz von vorn anfangen.» Ich schwöre ihm, dass das nicht der Fall ist, ihm stehe eine sagenhafte Karriere bevor, er werde noch Präsident der Weltbank. Außerdem muss man so was mal erlebt haben, was will er sonst seinen Enkeln erzählen? Ich schildere ihn als ehrwürdigen Großvater, den die City liebt und fürchtet. «Wie den *Paten*?» – «Wie den *Paten*, aber in legaler Ausgabe, klar!» Und mit all den Komplimenten, sanften Worten, liebevollen Witzen schaffe ich es, dass er irgendwann einschläft, den Hörer noch am Ohr, und dabei noch ein letztes Mal murmelt: «Die Arschlöcher …» Es ist sechs Uhr morgens, wir haben die ganze Nacht durchtelefoniert.

Danach rief ich ihn jeden Tag an. Wie alle anderen ging er weiterhin jeden Tag ins Büro. Keiner von ihnen durfte irgendwelche Abschlüsse tätigen. Sie starrten auf den Fernsehbildschirm, wo die Kommentatoren von CNBC über ihren Zusammenbruch berichteten und von «Armageddon» sprachen. Reglos saßen die Trader vor ihren weiter blinkenden Monitoren, manchmal wurden sie angerufen und mussten einem Kunden erklären, dass es keine Hoffnung mehr gab. Dank Stanislas konnte ich den Fall von Bears aus der Innensicht verfolgen. Ich hielt ihm immer die Hand. Bis ich sicher sein konnte, dass er allein durchhalten würde.

# 43

Ich trauere nicht mehr. Er fehlt mir immer noch, aber mein Körper hat seine Lebensgeister wiedergefunden.

Ich drehe mich um und blicke zurück, ich weiß, eines bleibt mir noch zu tun, nämlich ihn zu verstauen. Ich mache den Eingangsordner meines Mailprogramms auf und drücke auf «Drucken». Ich hole seine Briefe hervor und ordne sie chronologisch. Ich schreibe unsere SMS ab, notiere bei jeder sorgsam Tag und Uhrzeit. Ich falte jeden kleinen Zettel auf und streiche ihn glatt. Dann bin ich bereit und hole den großen Karton, der all meine Liebesgeschichten enthält, all meine Opfer, all die geliebten Herzen, die ich gebrochen habe.

Eine Reihe von braunen DIN-A4-Umschlägen, oben rechts sind leserlich Vor- und Zunamen vermerkt. Stanislas hat schon einen Umschlag, den ersten. Darin finde ich einen vergilbten, einmal gefalteten Zettel mit dem doppelt unterstrichenen Titel «Flieder», ich werde ihn nicht auffalten. Da sind Liebesbriefe, die Entwürfe für meine Antworten, ein Heft, das er mir lange nach unserer Trennung vor die Tür gelegt hatte, eine auf eine Gitarrensaite aufgefädelte Muschel, zwei Metrotickets, ein Foto von jenem Abend bei der Prom Night, auf dem er neben seinem pickelgesichtigen Freund posiert. Dieser Umschlag ist mir heilig, ich tue ihn an seinen Ort zurück. Jades sehr dicker Umschlag enthält unseren gesamten Briefwechsel während meiner Zeit in Japan. Aus Juliens Umschlag habe ich mich für meinen zweiten Roman bedient, in Césars habe ich nie wieder hineingeschaut. Manche Umschläge sind sehr schmal, sie enthalten nur eine Liebeserklärung oder ein paar vertrocknete Rosenblätter. In Vergessenheit geratene Namen sind dabei, ich muss in meinem Gedächtnis kramen, bis mir einfällt, welcher liebenswürdige junge Mann sich da die Mühe gemacht hatte, zum Stift zu greifen. Das ist meine Kriegsbeute. Eine Tages werde ich sie als alte, einsame Frau benötigen, um durchzuhalten.

Ich nehme einen unbenutzten Umschlag und beschrifte ihn oben rechts mit «Stanislas de B. Nr. 2». Dann tue ich alles hinein, meine kleinen Bonbons, die kleinen geschliffenen Dolche, die mir jederzeit ins Gesicht springen könnten, seine ewigen Liebesschwüre, «Ich liebe dich, meine Allerliebste», und die alltäglichen Zettelchen, die er mir in die Tasche steckte, wenn ich für das Wochenende nach Paris fuhr, «Gute Nacht, Liebes, komm schnell wieder, ich kann doch ohne dich nicht schlafen.» Ich hebe alles auf. Dann lese ich unsere ersten Mails wieder. «I will love you for as long as I know what love is.» Die Liebe schmückt sich immer mit Versprechungen. Bei der Trennung werden sie dann aufgehoben.

## 44

Jetzt sind wir seit mehr als einem Jahr getrennt. Wie stehen wir zueinander? Wie Freunde? Daran glaube ich nicht so recht, aber es wäre sehr schön. Wir brauchen noch Zeit. Nur die Zeit wird uns so voneinander entfernen, dass wir uns dann wieder aufeinander zu bewegen können, wenn es uns vergönnt ist.

Ich bin kurz in London. Stanislas schlägt mir einen kleinen Ausflug mit seinem Flugzeug vor. Er hat seinen Pilotenschein mit Bravour bestanden und sich das schönste Jungs-Spielzeug der Welt gegönnt, einen niedlichen kleinen Doppeldecker und die dazugehörige Lammfell-Pilotenjacke. Er sieht darin aus wie ein Teddybär. Er ist so was von stolz. Die Checkliste in der Hand, sieht er alles haarklein durch, notiert Ort und Zeit mit seiner feinen Handschrift. Dann fliegen wir über der englischen Landschaft dahin. Ich trage einen Helm, in den Ohren habe ich Stanislas' Stimme. «Und, Lust auf ein paar Kunststücke?» Ich willige ein, dabei ist mir jetzt schon schwindlig, ich mag diese kleine Flugmaschine nicht. «Pass auf, schreien ist streng verboten, sonst platzen mir die Trommelfelle, ja! Und los geht!» Zum Glück sitzt Stanislas am Steuer. Mit einem anderen würde ich mich das nie im Leben trauen. Ich habe total Angst, vertraue ihm aber auch total. Wie damals auf dem Highway zwischen

Nevada und Arizona bei diesem schrecklichen Gewitter. «Nur keine Angst, Liebes, du weißt doch, dir kann nichts passieren, wenn ich dabei bin.»

Das Flugzeug kippt über den Flügel weg, ich kriege Panik, verliere die Orientierung, der Himmel kreiselt und hopp! schlagen wir im Wolkenblau Purzelbaum. Das Flugzeug vollführt eine Rolle, trudelt dann senkrecht nach unten, die Benommenheit ist gottvoll. Mein Puls schlägt stärker, das Blut steigt mir zu Kopfe. Die Angst weicht der Hingabe, ich lasse mich ein letztes Mal gehen, überlasse mich den Armen des Flugzeugs und denke: «Genieße dieses Geschenk, Camille, genieße diesen Ausnahmemoment, den Rausch.» Jetzt stehen die Flügel wieder parallel zum Erdboden, es ist vorüber, wir fliegen zurück.

«Und, hat es dir gefallen?»

«Ja! Wahnsinnig gut!»

Auf dem Rückflug erzählt Stanislas mir, der Kunstflug sei für ihn fast zur Droge geworden.

«Verstehst du, wenn man das mal erlebt hat, ist alles andere stinklangweilig.»

«Ja, das verstehe ich.»

Es ist ein Herbstnachmittag mit sanftem Licht, Stanislas schlägt vor, noch auf ein Bier in den Pub zu gehen, bevor er mich ins Hotel bringt. Merkwürdigerweise mögen wir uns gar nicht trennen, so wohl ist es uns zusammen, überrascht stellen wir diese Vertrautheit fest. Wir kennen einander, verstehen einander, als alte Freunde, alte Liebende. Ich erzähle ihm von meinem neuen Roman und meinen ewigen Problemen mit dem letzten Kapitel. Er nimmt einen Schluck Bier, kurz steht der Schaum auf seiner Oberlippe, ich betrachte ihn, er lächelt, ich fühle mich ruhig, befriedet. Jetzt sind wir seit mehr als einem Jahr auseinander, er misstraut mir nicht mehr, und ich nicht mehr ihm. Er trällert leise den Schlager von Michel Jonasz, *Dites-moi qu'elle est partie pour un autre que moi mais pas à cause de moi …* – «Sag mir, dass sie wegen einem anderen gegangen ist und nicht wegen mir gegangen ist …» Dann fragt er mich, ob ich ihn betrogen habe. Würde es ihm guttun, es zu wissen? Oder spielt er nur den starken Mann, und es würde ihn verletzen? Letzte Inventur vor der Geschäftsaufgabe, warum nicht die Wahrheit sagen? Es wäre der ideale Moment, wir sind beide so gelassen. Er würde es gern wissen, es nagt an ihm, das weiß ich. Aber bei mir macht sich noch einmal der Stolz bemerkbar. Ist es wirklich Stolz? Mag ich das Gesicht nicht verlieren und lüge ihn lieber noch einmal an? War es, um meine schöne Rolle nicht aufzugeben, die der perfekten Prinzessin ohne Fehl und Tadel, oder wollte ich ihn schützen? Ich werde es nie erfahren, und wenn ich noch so nachgrübele. Ich weiß nicht, warum ich seine Frage verneinte. Damit er ein gutes Bild von mir, von uns behielt? Damit er mich noch ein bisschen liebte. Ich hatte Unrecht, ich hatte nicht begriffen, dass der Betrogene glücklich ist, weil er nur an den Frauen verzweifelt, nicht an sich selbst.

Wir hatten alle Zeit der Welt, sie verging herrlich langsam, fast schleichend, und da fragte Stanislas, ob ich nicht noch auf eine Tasse Tee mit nach Hause kommen wollte. So kam ich also in die Wohnung zurück, in der wir so glücklich gewesen waren und so unglücklich. Im Flur die Schmetterlinge spreizten ihre reglosen bunten Flügel, im Wohnzimmer standen auf den leeren Regalbrettern nicht mehr meine Bücher, sondern eine Playstation und dämliches Spielzeug, ein ferngesteuerter Hubschrauber. Es war weniger aufgeräumt, eine Jungswohnung. Als ich am Bad vorbeiging, spitzte ich hinein, ob eine andere meinen Platz eingenommen hatte, ob vielleicht zwei Zahnbürsten in dem Wasserglas standen, doch nein. An kleinen Heimlichtuereien hatte ich erkannt, dass es in seinem Leben eine Frau gab. Im Pub war er ans Telefon gegangen, lächelnd, ich hatte gefragt, wer es gewesen sei, und er hatte mit listigem Blick geantwortet: «Ach, niemand.» Zum ersten Mal war ich glücklich, ihn mir glücklich vorzustellen.

Wir setzten uns auf die Wohnzimmersofas, unter Sams leeren Augenhöhlen. Stanislas machte Tee, wir plauderten weiter über alles und nichts, und zwar eben nicht wie in der guten alten Zeit, sondern in einer neuen Zeit, die wir aufzubauen versuchten, der einzigen, in der wir uns weiterhin würden sehen können, ohne uns zu verlieren. Aber uns beiden war klar, wie fragil diese Situation noch war. Dieser herrliche Nachmittag voller sanfter Nähe würde gewiss eine Ausnahme bleiben. Wir ertappten uns bei Träumen von einer Zukunft, in der wir beide ordentlich verheiratet sind, beide haben wir Kinder, die fröhlich miteinander in einem sonnigen Garten spielen, und die Eltern in ihren Liegestühlen würden sich wunderbar verstehen, wir hörten die Eiswürfel in den Rosé-Gläsern klingeln. Würde ich es fertigbringen, seiner Frau nicht an die Gurgel zu gehen und ihr ins Gesicht zu spucken, ich sei die Einzige, die einzig wahre Liebe in Stanislas' Leben? Dass er mir gehöre, seit er achtzehn war, und selbst wenn sie dreißig Jahre lang mit ihm zusammenleben würde, könne sie mir nicht das Wasser reichen?

Wir waren noch nicht verheiratet, wir würden schon sehen, das Leben lag ja noch vor uns. Dann stand ich auf, und er begleitete mich zur Tür.

«Auf Wiedersehen, pass gut auf dich auf.»

«Du auch, Camille, pass gut auf dich auf.»

Er umarmte mich, und ich dachte, wir stellen uns gar nicht so übel an.

# 45

Von einem Freund erfuhr ich die Nachricht, dass Stanislas tot war. Er wusste es aus Facebook.

So endet unser kleiner Liebesroman eines Julimorgens auf einer Wiese in der englischen Provinz mit gebrochenen Flugzeugflügeln.

Da ist er, mein Stanislas, abgestürzter Kunstflug-Held eines Romans, den er nicht wird lesen können, dabei hätte er das so gern getan. Denn er duldete all meine Verdrehtheiten. Er war mein Komplize, er verstand mich. Und er ist tot.

Ich weinte bei seiner Beerdigung. Ich weinte, aber am Abend davor betrank ich mich unter dem Vorwand, dass er tot war, mit einer Freundin unterm Sternenhimmel mit Rosé. Wir saßen vor einem Straßencafé in Montparnasse, die Luft war mild, und wir waren am Leben. Manchmal hebe ich das Glas und denke: *Auf dich! Meinen verlassenen Helden, der nie wieder Durst haben wird!* Vorbei die Luxusrestaurants und die im Shaker des Barkeepers wirbelnden Cocktails, bis er sagte: «Ich bin besoffen wie eine Strandhaubitze.» Oder: «Oh Liebes, ich hab so was von Kopfweh!» Vorbei. Durch seinen Kopf spazieren heute die Ameisen.

Ich würde gern ans ewige Leben glauben. Nicht als eine Erfindung trauernder Menschen, die ihr Herz heilen wollen, nicht, als könne man sein gegenwärtiges Unglück nur ertragen, indem man sich eine Zukunft voll unendlicher Seligkeit erträumt. Ich möchte an das ewige Leben glauben, neben Gott im Nachthemd. Allen wäre alles verziehen, alle wären wir beieinander.

Bei deiner Beerdigung bin ich mit den anderen an deinem Sarg vorbeigegangen und habe das Kreuz darüber geschlagen. Ich dachte, daher käme vielleicht die Wendung, «drei Kreuze hinter etwas machen». Die Wörter sind meine Zuflucht. Danach hoben ein paar starke Männer die Holzkiste hoch, in die man dich gesperrt hatte. Ich dachte an jene Hochzeit in Marokko, wo der Bräutigam von seinen Freunden mit einer ganz ähnlichen Bewegung hoch über die Köpfe gehoben wurde. Die Leute klatschten zu Trommelklängen in die Hände, die Frauen trillerten schrill, und ich fand die Stille so ungerecht, die dir für deinen letzten Weg aufgezwungen wurde, dir, der du so gern gefeiert hast. Es war nicht vorgesehen, dass du nicht heiraten würdest. Es war vorgesehen, dass du eine schöne Hochzeit feierst und so richtig vor uns angibst. Du hättest mich eingeladen, ich wäre gekommen. Ich hätte tagelang überlegt, welches Kleid ich anziehe, damit du auf mich stolz bist, damit ich auf jeden Fall schöner wäre als die Braut. Ein Kleid, nur damit du lächelnd sagen würdest: «Kennst du meine Ex schon? Camille de Peretti.»

Du hattest ein gutes Lächeln. Du bist tot.

Tot, mein lieber Geliebter, tot und gestorben. Erkaltet die Haut, eiskalt und bald in Auflösung die sanften Wangen, die er morgens vor der Arbeit so sorgfältig rasierte. Reglos, erstarrt in der kalten Erde. Mein Liebster, begraben unter zentnerweise schwarzer, fetter Erde. Sie lastet auf seinem Sarg, er wird noch eine Weile halten und dann der Feuchtigkeit nachgeben, dann birst das Holz und lässt die Erde ihre Arbeit tun. Zerfressen, mein Liebster. Zerfressen, verschwunden. Nur noch bleiche Knochen in der schwarzen Erde. Ein Skelett und meine Erinnerungen. Im Radio wurden für die Region von Nancy heute Morgen Überschwemmungen gemeldet, und ich dachte an seinen armen Körper unter all dem Schlamm.

Ich ertrinke in Bedauern, werde zerfressen von Sätzen, die ich hätte sagen sollen, um sein Herz zu trösten, als es noch schlug. Mein Käpten Küche, mein genialer Trader. Nie wieder wirst du Kasse machen, mein Liebster, mein Freund. Und ich habe keines meiner Versprechen gehalten. Ich habe ihnen zwar gesagt, sie sollten den Soundtrack aus dem *Paten* spielen, aber davon wollten sie nichts wissen. Wir waren getrennt, ich war nur die Ex, ich war nicht mehr die Frau an deiner Seite. Das war eine andere, eine Hübsche, sie weinte, und alle gingen hin, um sie zu trösten. Ich fand, sie sah dir ähnlich, wie eine Schwester. Ich wollte etwas Nettes zu ihr sagen, aber wozu sollte das gut sein. Wenn es dich nicht mehr gab, würden wir nie die Eiswürfel in unseren Rosé-Gläsern klingeln lassen und so tun, als würden wir einander mögen.

Die Toten begehen keine Irrtümer mehr, darum erdenkt man für sie eine makellose Zukunft. Die Toten sind immer zu schön und zu lebendig. Schön ist er, mein toter Stanislas. Er fragt mich, ob ich mich an unser Wochenende in Avignon erinnere. Wie wir uns an den Ampeln küssten. Die vollmundigen Küsse der frischen Leidenschaft. Ich blicke gen Himmel und sage, dass ich nichts vergessen habe, er kann sich auf mich verlassen, damit sie nicht vergehen, diese Wartemomente bei herabgelassenen Scheiben, dem voll aufgedrehten Autoradio, seinem ruckartigen Fahren und den Hupen der Fahrer hinter uns, die fanden, wir führen nicht schnell genug weiter.

Ich schreibe, um ihm nah zu sein. Am liebsten würde ich alles bewahren, jedes Lächeln, jeden Wimpernschlag. Wie er die Mundwinkel ein wenig ironisch verzog, wenn er log, und unmerklich die Schultern hochzog, um seine Verunsicherung zu bemänteln, wie er das Kinn vorschob und mit tiefer, rauer Stimme Marlon Brando als den *Paten* imitierte. Schreckliche Gesten des Verstorbenen, der sich in unserer Erinnerung wiederbelebt. Unvermittelt sehe ich ihn, wie er sich mit dem Handrücken das Kinn streicht, und ich muss weinen. Aufs Weinen verstehe ich mich.

Gemeinhin billigt man der Trauer ein großes Prestige zu, als würde man dank ihrer größer, ja, als würde Poesie aus ihr entstehen. Aber die Trauer vernichtet. Über wahre Trauer kann man nichts schreiben. Bis die Wörter kommen, muss der halbe Weg zum Trost bereits beschritten sein. Die Wörter sind Heuchler, sie bemänteln immer, unvermeidlich.

In Wahrheit würde ich gern alles wegräumen, aber der Kopf ist eben kein brauner DIN-A4-Umschlag. Als ich das Foto von unserem griechischen Sommer fand, kam mir die Szene in Erinnerung, aber hat er damals wirklich gesagt: «Nicht bewegen!»? Ich denke schon. Und dann hat er auf den Selbstauslöser gedrückt und ist zu mir geeilt, um mit aufs Foto zu kommen? Ich lege den Arm um ihn, küsse ihn auf die Wange, er lächelt ins Objektiv. Ich wusste gar nicht mehr, dass wir derart jung und glücklich waren. «LOVE SHOULD ALWAYS LOOK LIKE THIS.» Mit welcher Absicht habe ich das damals geschrieben?

In Wirklichkeit habe ich seinen Körper vergessen. Auf einem anderen Foto ist er in der Badehose zu sehen, und ich stellte fest, das er ziemlich behaart war. Aber das eigentliche Gefühl seines Oberkörpers an meiner Brust, seines Bauchs an meinem, das ist verlorengegangen.

Bald wird mir keine zusammenhängende Erzählung mehr bleiben, nur eine Ansammlung von Bruchstücken. Die Toten werden gezwungenermaßen zu mentalen Momentaufnahmen. Das Gedächtnis verfügt über keine Videofunktion. Der Tod fixiert. Noch gelingt es mir, Stanislas kurz in Bewegung zu sehen, aber nicht mehr für lange, meine Erinnerungen lassen ihn erstarren. Ich kämpfe einen von vornherein verlorenen Kampf. Bewegte Erinnerungen sind so rar, und mit der Zeit bewegen sie sich immer weniger.

Es gibt zwei Arten von Leuten. Die einen sind schon gegangen, die anderen werden noch irgendwann gehen, sie warten. Heute Morgen warte ich. Meine Erinnerungen werden immer fadenscheiniger. Bald, das spüre ich, werden mir nur noch ein paar Bilder bleiben, die zu schön sind, um wahr zu sein. Bald sind seine Stimme, sein glockenhelles Lachen, nur noch ein Abklatsch, eine Sammlung von Tröstungen. Heute Morgen lese ich beim Warten Maurice Blanchot. «Das Vergessen wird mich vergessen in euch, und die unpersönliche Erinnerung wird mich auslöschen aus dem, was sich erinnert.» Immer wieder lese ich diesen Satz, vielleicht hundertmal, ich will, dass mir von ihm schwindlig wird, «und die unpersönliche Erinnerung wird mich auslöschen aus dem, was sich erinnert», dass mir von ihm übel wird, «auf ewig außer mir in Erwartung des Vergessens». Was für ein Glück, dass es Wörter und Bücher gibt, Sätze und Kommas. Ich schreibe.

Seit bald vier Jahren ist er tot. Mehr als tausend Tage und weniger als fünfundzwanzigtausend Stunden. Fünfundzwanzigtausend Stunden, das ist nichts, und schon wird er ausgelöscht. Ich schreibe. Am schwersten ist nicht, den Verlust zu akzeptieren, sondern das Vergessen.

# *Danksagung*

Für Jean-Marc Roberts, weil er sagte, dass er dieses Buch liebte, aber hinzufügte, ich müsse es noch einmal ganz von vorn schreiben.

Für Delphine Mozin, immer.

## Camille de Peretti bei Rowohlt und rororo

Der Zauber der Casati

Wir werden zusammen alt

MIX
Papier aus verantwortungsvollen Quellen
FSC® C083411

Das für dieses Buch verwendete FSC®-zertifizierte Papier *Schleipen Werkdruck* liefert Cordier, Deutschland.